Déjà parus :

1. *Juliette à New York*
2. *Juliette à Barcelone*
3. *Juliette à La Havane*
4. *Juliette à Amsterdam*
5. *Juliette à Paris*
6. *Juliette à Québec*
7. *Juliette à Rome*
8. *Juliette à San Francisco*
9. *Juliette à Londres*

Juliette autour du monde :

1. *Amsterdam - Paris*
2. *Barcelone - La Havane*

www.kenneseditions.com

Dépôt légal : juin 2017 | D/2017/13.105/34
ISBN 978-2-8758-0398-6 | NUART 47-8723-6 | R1/2018

Couverture et illustrations intérieures : Géraldine Charette
Graphisme : René St-Amand
Mise en pages : Martel en-tête

Imprimé en Italie sur les presses de Grafica Veneta

ROSE-LINE BRASSET

Juliette à Rome

Kennes

Avant-propos

Bienvenue dans l'univers coloré de Juliette Bérubé, une adolescente québécoise qui suit sa mère journaliste autour du monde. À travers le journal de voyage de la jeune fille, vous aurez l'occasion de vous familiariser avec les expressions typiquement québécoises utilisées par les jeunes de chez nous. Afin de vous aider à vous y retrouver, les termes suivis du symbole [L] sont expliqués dans un lexique situé à la fin du livre. Si ces mots et expressions vous font sourire, profitez-en pour les mémoriser en vue d'un séjour au Québec. On vous attend avec impatience !

Bises
Rose-Line

Rose-Line Brasset est journaliste, documentaliste et auteure depuis 1999. Elle détient une maîtrise en études littéraires et a rédigé plusieurs centaines d'articles dans les meilleurs journaux et magazines canadiens sur des sujets aussi divers que les voyages, la cuisine, la famille, les faits de société, l'histoire, la santé et l'alimentation. Globe-trotteuse depuis l'adolescence, elle est aussi l'auteure de *Voyagez cool!*, publié chez Béliveau, et de deux ouvrages parus aux Publications du Québec dans la collection « Aux limites de la mémoire ». Mère de deux enfants, elle partage son temps entre la vie de famille, l'écriture, les voyages, les promenades en forêt avec son labrador, la cuisine et le yoga.

À mon Emmanuel à moi,
mon spécialiste de la culture romaine,
dont la sagesse est une inspiration.

Samedi 4 mars

11 H

Tut, tut, tut !
Bip, bip !
Tut !
Bip, bip, bip, bip !
Tut, tut, tut, tut, tut !
Bip, bip, bip, bip, bip !
Pin-pon, pin-pon, pin-pon, pin-pon !

Le bruit de la rue est si assourdissant qu'on ne s'entend pas penser, bon sang ! Mais, te demandes-tu, qui a besoin de penser alors que la semaine de relâche[L] vient de commencer ? Ben, moi, justement. Tu ne devineras jamais ce que ma mère est allée inventer comme nouvelle façon de me torturer ! Hein ? Que dis-tu ? Tu veux d'abord savoir où je suis ? Allez, je te laisse deviner. New York ?

Naooon… ☺ Barcelone? Pas cette fois-ci! Paris? Tu refroidis, mon amie. Allez, si tu donnes ta langue au chat, je t'aide un peu. Je suis à Rome. Oui, oui, absolument! Là où vivent les Romains, les vrais! En Italie, quoi. Non, je ne te niaise[L] pas. Oui, je sais. Malgré le bruit, j'avoue que c'est vraiment joli ici, mais la question n'est pas là. Tu crois que c'est facile d'avoir bientôt quatorze ans et de devoir suivre sa mère partout? Détrompe-toi! Ce voyage s'annonce être un véritable enfer! Mais, si tu permets, je t'explique depuis le début.

À peine étais-je revenue de l'école, mercredi dernier, heureuse de pouvoir déposer mon sac pour onze jours (puisque les profs transforment traditionnellement les deux jours précédant la relâche en «journées pédagogiques»), que ma mère m'annonçait avoir reçu le mandat de réaliser un reportage sur la Rome antique aujourd'hui. Oui, je sais, «antique» et «aujourd'hui» sont deux mots contradictoires, mais le rédacteur en chef de ma mère est aussi vieux que ma grand-mère! C'est un véritable monument, il a soixante ans. (Hé oui, ça veut dire qu'il est bientôt centenaire! Mais ça, c'est une autre affaire.) J'étais donc en train de te raconter que la semaine dernière, ma mère m'apprenait que nous devions partir pour Rome. Cool! penses-tu? Peut-être bien de ton point de vue, mais tu te trompes malheureusement, et ce n'est pas là le pire.

—C'est un reportage complexe. J'aurai beaucoup de monde à rencontrer et je vais être très occupée, m'a-t-elle avertie, le regard bizarrement fuyant.

—Ne te fais pas tant de soucis. Tu n'as qu'à me laisser ici.

—Comme ta grand-mère est encore en Floride, je n'ai pas le choix de t'emmener, tu comprends ?

—Comme d'habitude, quoi, ai-je soupiré en haussant les épaules. Et que suis-je supposée faire, moi, pendant que tu travailleras ?

—Ben, justement, j'ai une grande nouvelle à t'annoncer, m'a-t-elle répondu en évitant toujours de me regarder dans les yeux.

—Ah, bon ! me suis-je exclamée, méfiante.

—J'ai un ami à Rome. Tu te souviens de mon directeur de thèse à l'université lorsque je suis retournée étudier ?

—Euh, non...

—Nathaniel Radcliff. Un très chic monsieur. Je l'ai contacté dès que j'ai su qu'on me confiait cette mission. Il vit là-bas maintenant et il est proviseur d'un lycée très réputé. La bonne nouvelle, c'est qu'il a accepté que tu y passes la semaine pendant que je travaillerai.

— Hein ? Quoi ?

Non, mais je rêvais ou elle me donnait le coup de grâce en appelant ça une « bonne nouvelle » ?

— D'abord, c'est quoi au juste un lycée ?

— Le lycée est l'équivalent de l'école secondaire[L] ici. N'est-ce pas formidable ?

— Tu n'es tout de même pas en train de me dire que je vais passer la semaine de relâche à étudier dans une école ?

— Il s'agit d'une opportunité extraordinaire, je t'assure. Le lycée Chateaubriand de Rome est fréquenté par des jeunes gens parmi les plus distingués et les plus privilégiés d'Europe ! Il paraît même que le petit-fils du célèbre Umberto Eco y étudie. Tu te rends compte, poussinette ?

Elle a déclaré cela avec tellement de mauvaise foi que même son visage ne semblait pas la croire.

— Sans blague ? Et c'est qui ce Umberto machin-chose ?

— Un écrivain très connu récemment décédé.

Il me semblait bien, aussi. Grrr… 😛

11 H 15

C'est ainsi que me voilà penchée à la fenêtre de l'appartement romain, grand comme un mouchoir de poche, que ma mère a loué, et que nous occuperons pendant les huit prochains jours, via Merulana[1]. Ne te moque pas. Pendant que mes amis passeront leur temps à jouer à des jeux vidéo, à regarder VRAK.TV, à patiner place d'Youville ou à faire du ski à Stoneham, je vais devoir me lever aux aurores pour me rendre au lycée Chateaubriand en métro. C'est fou ce que je suis « privilégiée » ! Ma mère et ses plans déments, aussi ! 😑 Je vois mal où est mon intérêt là-dedans. Il a besoin d'être vraiment beau, le petit-fils d'Umberto Eco ! Non mais, qu'est-ce que je raconte là, moi ? Je suis la copine de Gino, le-plus-fantastique-petit-ami-qu'une-fille-puisse-rêver-d'avoir. Je n'ai donc nul besoin de rencontrer d'autres garçons. Qu'en penses-tu ?

Heureusement, nous ne sommes encore que samedi, ce qui fait que j'ai un peu de temps devant moi pour me préparer psychologiquement en vue de ce lundi. Il y a des tas de choses à découvrir à Rome ! Gina était plus excitée que moi quand je lui ai appris que je devais venir ici. « C'est le pays où sont créées les plus belles chaussures que l'on puisse imaginer ! Il faut absolument convaincre ta

1. *Via* signifie rue en italien. Via Merulana veut donc dire rue Merulana. Mais je suis certaine que tu l'avais deviné, non ? ☺

mère de t'emmener magasiner[L] », a-t-elle décrété. Hum ! pas sûre... Gina est ma *BFF*[L] et elle me manque chaque fois que je pars en voyage. J'ai de la difficulté à imaginer comment je pourrais me faire une copine aussi précieuse à ce lycée en une seule semaine ! Bah... Peut-être bien. Pourquoi pas ? Tu auras deviné que je tente d'aborder cette épreuve avec un optimisme exemplaire. Avoue que je fais des efforts admirables. Misère ! ☹ Il n'y a qu'à moi que ça arrive ce genre d'affaire ! En tout cas, j'ai averti ma mère : il n'est absolument pas question que je fasse des devoirs le soir !

—Bien sûr que non, Juliettounette ! s'est-elle empressée d'acquiescer. Je parlerai à mon ami Nathaniel à ce sujet, promis !

Pour en revenir à nos moutons, donc, avant d'avoir pu dire ouf, je me suis retrouvée dans la capitale des spaghettis, des chaussures de cuir fin, du soccer[L] et des voitures de luxe. Sous ma fenêtre, justement, les Fiat, Ferrari et Lamborghini se disputent la rue avec les scooters et des milliers de piétons. La via Merulana est continuellement encombrée de véhicules et le son des klaxons n'est atténué que par celui des sirènes des ambulances ou des motos montées par des policiers. Un véritable cirque ! La nuit dernière, le bruit m'a tenu éveillée jusqu'à 2 h du matin. Il faut dire que j'ai généralement besoin de plusieurs jours pour m'habituer au décalage horaire. Savais-tu qu'il y a six heures de différence entre Rome et chez moi ? Ça signifie que lorsqu'il est 6 h du matin ici, il n'est encore que minuit à Québec. Pas étonnant que ma mère ait eu tant de misère à me tirer du lit ce matin !

De la fenêtre de notre salon, nous avons une très jolie vue sur un parc, le parco di Colle Opio[2], qui, lui, donne sur le fameux Colisée de Rome. Gino était vert de jalousie quand je lui ai annoncé que maman et moi avons prévu le visiter de fond en comble.

— Tu es prête, pitchounette ?

— J'arrive, m'man.

11 H 30

Quelques marches en pierre pour descendre au rez-de-chaussée, et nous voilà toutes deux dehors. Comme lors de notre arrivée, hier en matinée, il fait un temps splendide. Le ciel est parfaitement bleu et le mercure tourne autour des vingt degrés. Rien à voir avec Québec, où il faisait moins vingt

2. Le parc du Colle Oppio.

degrés Celsius lorsque nous avons quitté la maison, en fin d'après-midi jeudi. (Oui, je sais ! Brrr...)

Sur le trottoir, je ne me lasse pas d'observer la végétation le long des rues. Ce qui m'a d'abord frappée, en entrant dans la ville à bord du minibus qui nous emmenait depuis l'aéroport Léonard-de-Vinci, vendredi matin, c'est cette abondance de vert luxuriant, les fleurs qui embaument et les arbres étranges qu'on voit partout. Ces derniers ne ressemblent d'ailleurs en rien à ceux que j'ai pu contempler auparavant. D'abord, parce qu'ils sont immenses et, ensuite, parce que leur forme est souvent très... bizarre.

— Maman, ils s'appellent comment ces arbres géants aux troncs un peu tordus ?

— Oh, ce sont des pins maritimes, mais on les appelle aussi pins parasols. Ceux-ci sont pour la plupart plus que centenaires, pitchounette.

— C'est vrai ?

— Bien sûr.

Je réprime un fou rire.

— Quel drôle de nom, "pin parasol" ! Pourquoi pas "pin parapluie", tant qu'à y être ?

— On les appelle ainsi, continue maman, en raison de leur tronc dénudé coiffé d'une cime plate. Ils donnent beaucoup d'ombre et n'ont besoin que de très peu d'entretien. Des qualités fort appréciables dans une ville où il y a nettement plus de soleil que de pluie, et où la température dépasse les trente degrés en été.

C'est vrai qu'ils ressemblent à des parasols géants... ou à des monstres gigantesques aux membres désarticulés. Je ne sais trop si je les trouve beaux ou si c'est leur étrangeté qui me fascine. Je prends une dizaine de photos de pins avec mon iPad.

— Et ceux-là ? demandé-je en pointant un groupe d'arbres ayant la forme de longues colonnes montant vers le ciel.

— Ce sont des cyprès.

— On dirait presque qu'ils cherchent à toucher le ciel.

— Ils sont très majestueux, tu as raison. La façon dont ils encadrent le Colisée donne un air paisible et solennel au décor. J'adore déjà cette ville, moi. Et toi ?

— Ça reste à voir, grommelé-je.

Sans blague ! Ce n'est que lundi matin que je saurai si j'aime ou si je déteste ce pays.

En attendant, je m'aperçois que la foule, à l'entrée de l'amphithéâtre considéré comme le symbole de la civilisation romaine à son apogée, est également à son zénith ! Il y a 50 000 touristes (minimum !) qui se bousculent pour entrer. Misère !

Tu connais mon amour pour les musées ? Il semble que, cette fois encore, je vais être servie ! 😜

12 H

— Ne t'en fais pas, me rassure maman, je nous ai acheté en ligne des billets "coupe-file" !

— C'est quoi, ça ?

— Cela permet d'éviter la file d'attente et d'entrer directement sur le site, moyennant un petit supplément dans le prix des tickets. Regarde bien ça !

Comme par miracle, les billets nous permettent effectivement de passer devant tout le monde (hé, hé, hé !) et de faire notre entrée dans le fameux Colisée. Je retiens mon souffle. Malgré moi, je suis impressionnée. Hier soir encore, Gino me faisait remarquer la chance que j'ai de pouvoir admirer l'édifice en vrai. « J'en rêve depuis que je suis tout petit », m'a-t-il confié sur Facetime, hier soir. La vérité, c'est que c'est réellement trop beau… pour un aréna[L].

— Cet endroit a presque deux mille ans, poussinette ! s'extasie ma mère en me donnant sans s'en rendre compte un coup de coude enthousiaste dans les côtes. (AÏE ! 😣) Tu t'imagines ? Des empereurs, des notables et des gens du peuple romain se sont succédé par milliers au fil des siècles pour se tenir ici, à l'endroit même où nous mettons les pieds, afin d'assister aux spectacles organisés par les empereurs de l'époque.

— Vraiment ? répliqué-je en me massant le côté douloureux. Quel genre de spectacles ? De la musique ?

— Oh que non !

Ma mère frissonne. Elle a les joues rouges et semble presque fiévreuse.

— À son apogée, poursuit-elle, "il Colosseo", comme l'appellent les Italiens, pouvait accueillir jusqu'à 75 000 spectateurs, entassés ici pour assister à des chasses aux animaux sauvages, à des combats de gladiateurs ou, pire, à des exécutions de condamnés à mort, voire d'autres manifestations tout aussi cruelles. On dit qu'au moment de l'inauguration, 9 000 bêtes sauvages furent exhibées en spectacle, puis mises à mort ici.

— Oh, les pauvres ! Mais quelles sortes d'animaux ? Pas des chats, des chiens ou des chevaux, au moins !

— Principalement des animaux sauvages capturés en Afrique comme des lions, des panthères, des rhinocéros, des éléphants, des girafes et des hippopotames.

— Pauvres hippopos ! ☹

Je reste tout de même un peu incrédule. Ce genre de divertissement peut-il réellement avoir existé ? J'ai parfois l'impression que tous ces jeux barbares ont été inventés par les concepteurs des jeux vidéo qu'adore Gino.

— Et les gladiateurs alors, ce ne sont donc pas des personnages de fiction ?

— Absolument pas ! Ils ont réellement vécu et se sont bel et bien produits en spectacle, ici. La plupart étaient d'ailleurs des professionnels sous contrat qui s'engageaient volontairement.

— Incroyable !

— Il y a 1 800 ans, ce type de divertissement en direct était aussi populaire que l'est aujourd'hui la téléréalité, insiste maman. Regarde là, tout en bas.

Elle pointe du doigt le centre de l'enceinte.

— Ces ruines sont ce qui subsiste des tunnels du sous-sol où étaient gardés en cage les animaux, et où se trouvaient également les casernes des gladiateurs et les cellules des prisonniers destinés à être sacrifiés. Au-dessus de leurs têtes, au rez-de-chaussée de l'amphithéâtre, il y avait l'arène qui était constituée d'un plancher en bois recouvert de sable. *Arena* signifie “sable” en latin et, tout autour de nous, ce sont les vestiges des gradins où prenaient place les spectateurs. Songe seulement à l'ambiance et au bruit qui régnaient ici ! Les combats étaient aussi violents que sanglants !

Elle baisse les paupières et porte les mains à ses oreilles. Lorsqu'elle rouvre les yeux, j'aperçois deux larmes poindre sur le bord de ses cils. Sacrée maman ! Elle est tellement émotive. On voit pourtant ce genre de bagarre tous les jours à la télé, notamment lors de certains matchs de hockey ! Bon, j'avoue que les hockeyeurs ne se battent pas contre des lions…

— Pourquoi le sol était-il recouvert de sable ? questionné-je.

— Pour absorber le sang.

— Oh ! 😛

— On raconte que les gladiateurs atteignaient rarement l'âge de vingt-trois ans, affirme-t-elle, d'une voix mal assurée.

— Pourquoi ?

— Ils mouraient dans l'arène bien avant, trop souvent…

Je frissonne à mon tour en contemplant les quatre étages encore debout. L'ensemble est pourtant tellement beau !

— Tu veux toujours faire le tour ? s'enquiert ma mère.

Je hausse les épaules.

— On est venues pour ça, non ?

L'amphithéâtre est haut de 52 mètres, dans un périmètre de plus de 500 mètres. Le site est donc immense et il n'y a pas de toit. Le soleil tape déjà fort, à cette heure-ci, alors je ne suis pas fâchée d'avoir pensé à mettre des lunettes de soleil et un bandana dans mes cheveux.

—À l'origine, explique maman en pointant le ciel, un auvent rétractable en toile s'étendait au-dessus de l'enceinte. On dit qu'il fallait 2 000 marins pour le manœuvrer à l'aide d'un système de mâts et de cordages très compliqué. L'auvent était utilisé pour protéger les plus éminents spectateurs des rayons brûlants du soleil lors des spectacles.

—Ah bon ! Il y avait plusieurs catégories de spectateurs ?

—En fonction des différentes classes sociales, oui. Même si l'entrée était gratuite pour tous, chaque secteur des gradins était rigoureusement réservé, par ordre d'importance, à une sorte ou à une autre de citoyens. Ils accédaient au site par 80 entrées bien distinctes. Cela permettait d'assurer aux gens des classes supérieures qu'ils ne risquaient pas de croiser des gens ordinaires. Par exemple, des loges spéciales, au premier étage, étaient destinées aux empereurs et à leurs invités tandis qu'une plate-forme était réservée aux sénateurs. Certaines autres sections ne recevaient que des chevaliers, d'autres, plus en hauteur, accueillaient les simples citoyens divisés entre les plus riches et ceux de classe moyenne. Les places les plus hautes dans les gradins, c'est-à-dire les plus éloignées de l'arène, étaient affectées aux pauvres ainsi qu'aux… femmes. Celles-ci devaient d'ailleurs demeurer debout.

— Hein ?

— Hé, oui ! L'égalité entre les hommes et les femmes est malheureusement un concept tout à fait récent, souligne maman en faisant la grimace.

— Ah bon !

En découvrant les quatre étages du site, je n'en reviens quand même pas d'être là, près de 2 000 ans plus tard. C'est quand même incroyable que ces murs en marbre et en travertin tiennent toujours debout, même si ce n'est que pour voir passer des touristes ! En rêvassant, je me demande quel genre de vie aurait été la mienne si j'avais vécu à cette époque. Je ris en imaginant Gino portant la toge des intellectuels romains, tandis que Gina et moi serions vêtues de jolies tuniques. Mais, j'y pense, aurais-je été membre de la noblesse, fille du peuple ou esclave ? Fille du peuple, probablement. Certains jours, quand je dois aider maman à faire la vaisselle, à passer l'aspirateur ou à ranger les courses, j'ai plutôt l'impression d'être une esclave, mais ça, c'est une autre histoire. Grrr... 😑

—À l'époque, reprend maman en montrant l'extérieur de l'enceinte, les écoles de gladiateurs foisonnaient partout dans le secteur autour du Colisée. Ces jeunes hommes étaient considérés comme de véritables stars et les plus talentueux d'entre eux jouissaient d'une popularité immense. Certains ont même fait fortune et ont pu s'affranchir de l'autorité de leur maître. Les historiens racontent que des jeunes filles de toutes les classes sociales accouraient pour admirer ces valeureux combattants lors des spectacles qui avaient lieu environ six fois par année.

Je réprime un bâillement.

—Hum... Tu sais quoi ?

—Non.

—J'ai l'estomac qui gargouille tout à coup. J'aimerais bien aller manger.

C'est vrai, quoi ! Toutes ces histoires de garçons qui ne rêvent que de se battre et de filles qui les admirent comme s'ils étaient des dieux finissent par m'ennuyer terriblement. Moi, la violence et les luttes de pouvoir, je n'aime pas ça.

—Tes désirs sont des ordres, pitchounette ! Viens, la sortie est par ici.

14 H

Ma mère prétend qu'à Rome, la pizza est le repas de midi par excellence du *popolo*, c'est-à-dire du peuple, ou de la population en général. Ça tombe bien, parce que j'adore ça ! Partout, de petits comptoirs proposent des carrés de pizza. Mais oui ! J'ai vite remarqué que les pizzas, ici, sont très souvent carrées, du moins celles que l'on vend en parts à emporter. Les Italiens parlent alors de pizza vendue *al taglio*, soit à la découpe. Il n'y a qu'à mentionner la taille du morceau voulu et, hop ! on nous l'emballe dans un bout de papier ciré. Miam ! J'en ai mangé hier, j'en mange encore aujourd'hui et j'en mangerai de nouveau demain. Maman et moi avons adopté La Cuccuma, un petit *caffè*[3], situé via Merulana, où le patron nous est sympathique et où la pizza est aussi délicieuse que bon marché. Pas moins de quatorze variétés de pizzas y sont proposées tous les jours. Je choisis un morceau à la sauce tomate et au *prosciutto* (jambon de parme). Maman opte pour une pizza *napoletana* (quartiers de tomates fraîches, copeaux de mozzarella *di bufala*, feuilles de basilic frais).

— Tu veux aller t'asseoir au parc pour la manger ?

— Oh ouiii !

---

3. Café.

14 H 15

Je crois t'avoir déjà expliqué que le parc du Colle Oppio est situé entre notre appartement lilliputien et le Colisée. C'est le premier endroit que nous avons visité hier, jour de notre arrivée, et j'ai d'ores et déjà décidé que c'était mon endroit préféré à Rome. En plus d'offrir une vue imprenable sur le Colisée, il abrite des quantités d'oiseaux chanteurs qui vont s'abreuver dans l'une ou l'autre de ses fontaines, et il est si vaste que nous n'en avons pas encore fait le tour. Comme nous sommes samedi, et que les enfants n'ont pas école, bon nombre de familles flânent déjà çà et là.

Assises sur un des bancs bordant l'allée centrale et dégustant nos parts de pizza, ma mère et moi regardons passer tout ce beau monde avec intérêt. Une petite vieille, qui s'agrippe au bras d'une dame à peine plus jeune qu'elle, déambule tout doucement en chantant ce qui semble être une (très) vieille chanson italienne. Je la trouve trop mignonne! De jeunes parents, qui paradent fièrement avec leur nouveau-né endormi dans son landau, se disputent l'espace avec des bambins effrontés qui font leurs premières armes à vélo, sans casque ni genouillères. Des touristes de toutes nationalités traversent le parc à pas pressés, désireux de voir de près, à leur tour, le fameux Colisée. Maman et moi, les papilles gustatives comblées par notre repas et les yeux agrandis par la curiosité, tentons de ne rien manquer du charmant spectacle de ce samedi après-midi, à Rome.

— Oh là là ! Regarde le pauvre petit, choupinette ! Il vient de faire une chute.

— Je me doutais que ça lui arriverait. Il y a à peine deux minutes, je l'ai vu essayer de lâcher son guidon.

Âgé d'environ cinq ou six ans, le courageux enfant remonte promptement sur son vélo sans émettre la moindre plainte, malgré une écorchure au genou qui saigne légèrement. Il est accompagné de son petit frère, qui ne doit pas avoir plus de trois ans, et qui trottine à ses côtés. Voyant son aîné blessé, le cadet se met à pleurer à chaudes larmes en montrant du doigt la plaie. Le téméraire jeune cycliste redescend aussitôt de sa monture pour enlacer le petit garçon qu'il console en le couvrant de baisers et en lui assurant qu'il n'a pas mal. Je ne saisis pas tout, mais l'italien ressemble suffisamment au français pour me permettre de comprendre l'essentiel.

— C'est trop mignon ! m'enthousiasmé-je.

— Oui, je trouve aussi, confirme maman. *Carino !*

— Comment ?

— *Carino*, ça veut dire "mignon" en italien.

— Ah bon ! tu parles italien maintenant ?

— Ben, je l'apprends grâce à ce livre, mentionne-t-elle en brandissant un guide intitulé *L'italien en 10 leçons*.

— Hum...

J'ai l'impression qu'on va bien s'amuser dans les prochains jours ! ☺

Non loin de nous, une demi-douzaine de jeunes (rien que des garçons), âgés apparemment entre huit et quatorze ans, se sont rassemblés pour jouer au soccer. Quelques-uns sont plutôt mignons, en particulier deux dont les cheveux longs sont coiffés en chignon. Je remarque que, même s'ils semblent prendre le jeu très au sérieux et que, comme tous les garçons, ils font les paons pour montrer à quel point ils sont habiles, les plus vieux sont très gentils et attentionnés envers les plus jeunes qui ont plus de mal à attraper le ballon. « *Bravo*[4] *!* », se répètent-ils sans cesse les uns aux autres. Cette délicatesse me surprend et me touche.

J'ai du plaisir à les observer, à les écouter parler et à les voir gesticuler. L'italien est une langue mélodique, très agréable à l'oreille, mais les

4. *Bravo* signifie « bien fait », en italien. Je sais, c'est la même chose qu'en français. ☺

Italiens parlent aussi beaucoup avec leurs mains. J'ai presque envie de me joindre à leur jeu! Je serais curieuse de savoir s'ils m'accepteraient... Je n'ose pas le leur demander. La vérité, c'est que j'ai bien trop peur d'être rejetée. Le rejet est sans doute la plus horrible des humiliations, la pire chose qui puisse arriver au monde! Je souhaite n'avoir jamais à vivre ça. 😝

14 H 45

Une fois nos parts de pizza englouties, je n'ai pas envie de rentrer. Après tout, nous sommes samedi et il y a mille choses à faire le samedi après-midi.

—On va où maintenant, m'man? Magasiner?

(Une fille s'essaie. ☺)

—Pas vraiment, non. J'avais plutôt pensé que nous pourrions aller voir la fontaine de Trevi.

—Ce n'est pas le nom d'un marchand de piscines, ça?

Elle rit.

—En fait, ici, il s'agit d'une très célèbre fontaine.

—Oh! Et qu'est-ce qui fait qu'elle mérite le déplacement, cette fontaine? Il y en a partout autour de nous déjà.

—Elle a la réputation d'exaucer les vœux.

— Tu me niaises ?

— Pas du tout. Les gens viennent de partout sur la planète pour y lancer des pièces de monnaie, le cœur plein d'espoir de voir leurs vœux se réaliser.

— Alors, allons-y tout de suite !

Moi, faire des vœux qui ont de fortes chances d'être exaucés, j'aime ça !

15 H 20

Pour nous rendre à cette fameuse fontaine, depuis l'endroit où nous étions, il a fallu prendre la ligne A du métro, à la *stazione*[5] Vittorio Emanuele[6], située tout près de la via Merulana. J'adore circuler en métro. Nous l'avons pris à New York et à Paris, alors je suis heureuse de pouvoir ajouter le métro de Rome à la liste de mes conquêtes ! Pour acheter les tickets, ça s'avère un peu compliqué, par contre. La distributrice automatique n'affiche en effet ses instructions qu'en italien et en anglais… Ma mère, c'est déjà beaucoup pour elle de comprendre le fonctionnement d'un ordinateur qui s'exprime en français, alors je ne

5. Station en français.
6. Le prénom masculin Emmanuel s'écrit Emanuele en italien, m'apprend ma mère. Drôle, non ? ☺ Vittorio Emanuele est le nom d'un célèbre prince italien.

vous raconte pas le mal que nous avons à obtenir ces fameux billets ! Curieusement, son manuel *L'italien en 10 leçons* ne nous est d'aucune utilité. Enfin, je crois qu'il vaut mieux passer cet épisode sous silence... Quoi qu'il en soit, nous avons réussi à embarquer ! ☺

Ainsi que l'indique le guide touristique de maman (*Dix lieux à ne pas manquer à Rome*), nous descendons à la station Barberini. Là, c'est encore le cirque. Le métro ne mène pas directement devant la fontaine, évidemment. En émergeant à l'air libre, nous ne voyons aucune indication et n'avons pas la moindre idée de la direction à suivre. Carte en main, ma mère plisse le nez en se penchant sur l'incroyable toile d'araignée que constitue l'enchevêtrement des rues de la *città*[7]. Grâce à son sens défaillant de l'orientation, je sens que nous n'allons pas tarder à nous perdre pour de bon si je n'interviens pas...

— Tu ne sais pas où aller, m'man ? Comment ça ?

— Juliettounette, sache seulement que l'histoire de Rome s'étend sur plus de 28 siècles. Ça en fait des coins de rue, ça, ma fille ! Normal que je n'arrive pas à bien nous situer.

— Mais, tu as une carte, non ?

7. Cité.

— J'ai une carte, oui, et j'ai repéré la fontaine, mais je ne sais pas où nous sommes exactement.

— Et ton guide touristique, il dit quoi ?

— Selon le guide, il faut prendre la troisième rue à gauche en sortant du métro.

— Bon, c'est facile, non ?

— Oui, mais je ne sais pas de quelle gauche il s'agit, en fait. Au cas où tu ne l'aurais pas remarqué, il y avait quatre sorties à cette station de métro et je ne suis pas certaine que nous ayons emprunté la bonne.

— On n'a qu'à demander, non ?

— Euh… oui. Tu as raison, je vais me renseigner.

L'air hésitant, maman fait lentement quelques pas sur le trottoir, histoire de repérer LA bonne personne à aborder. C'est que, comme moi, ma mère est plutôt du genre timide et j'ai l'impression qu'elle a peur qu'on ne l'envoie promener. Et je ne suis pas non plus certaine que son italien soit déjà assez au point… Son choix s'arrête finalement sur un bel homme (environ quarante ans, pas de barbe, cheveux noirs, bouclés mais courts, yeux bleus) qui vient de descendre de son scooter Vespa. À voir son costume-cravate, on a l'impression qu'il retourne travailler après son heure de lunch, bien que nous soyons samedi. (Il paraît que les Italiens prennent leur repas de midi entre 14 h et 16 h. Moi, j'aurais le temps de mourir trois fois de faim !)

— Euh... *Scusi signore*[8] *? Do you know, dove*[9], euh... *where is la fontana*[10] *di Trevi ?*

Mélangeant l'italien et l'anglais, ma mère paraît tellement perdue que le passant n'ose pas la rabrouer. En fait, il la regarde plutôt avec l'air surpris de quelqu'un qui viendrait de croiser une... Martienne.

— *Che dice*[11] *?*

— *Fontana di Trevi ?* répète maman, la mine suppliante.

L'inconnu sourit gentiment, comme si la lumière venait de s'allumer dans son esprit.

— *Questa strada*[12], indique-t-il, en tendant la main vers la rue devant nous, *sempre dritto*[13].

Il continue de sourire, encourageant, comme s'il attendait d'être certain que ma mère a bien compris. Moi, j'ai tout compris !

— Il dit d'aller tout droit dans cette rue. Facile !

---

8. « Excusez-moi, monsieur. »
9. *Dove* veut dire où, en italien.
10. *Fontana* signifie fontaine.
11. « Que dites-vous ? »
12. « Cette rue. »
13. « Et tout droit. »

C'est comme si je parlais couramment italien, tout à coup ! Quoi qu'il en soit, ils sont gentils les Romains, je trouve ! ☺ Soudain, j'ai le sentiment que tout se passera bien à l'école, lundi.

— *Grazie mille*[14] *!* lui lance ma mère, presque à regret.

Avec le sourire qu'elle lui destine, j'ai l'impression qu'elle aurait voulu lui demander quelques renseignements supplémentaires…

15 H 35

Nous avons repris notre quête, mais la fameuse fontana di Trevi ne se laisse pas conquérir si facilement. La foule des badauds est dense dans cette rue et les fontaines ne manquent pas sur notre chemin, alors je me demande si nous ne risquons pas de passer tout droit sans rien apercevoir lorsque nous arriverons à proximité. Et puis, rien ne ressemble plus à une fontaine qu'une autre fontaine ! Je m'interroge donc sur la raison pour laquelle il faut absolument trouver celle-là. Après une quinzaine de minutes de marche, maman recommence à montrer des signes de désarroi.

---

14. « Merci beaucoup » ou « Merci mille fois ».

—*Sempre dritto, sempre dritto,* ça avait l'air drôlement facile comme ça, mais je n'aperçois toujours rien, moi. Tu la vois cette fontaine, toi ?

—Tu veux de nouveau consulter le plan, m'man ? C'est moi qui l'ai.

—D'accord, passe-le-moi, s'il te plaît.

Elle se penche sur la carte touristique que je lui tends, le front plissé et les sourcils aussi froncés que si nous étions en danger de perdition en pleine jungle amazonienne.

—Nous sommes en ce moment sur la via del Tritone et la fontaine doit normalement se situer quelque part à l'intersection de la via della Stamperia. Tu peux lire le nom de cette rue à droite qui croise del Tritone, Juliettounette ?

J'ai beau étirer le cou, je ne discerne aucune indication de nom de rue. À croire que ce genre de règle échappe aux Italiens.

—Je ne vois rien, m'man. Tu penses qu'on en est encore loin ?

—Je n'en sais trop rien. Mieux vaut demander encore.

—Mais puisque le bonhomme nous a dit que c'était tout droit, insisté-je.

—Je sais, mais je commence à penser qu'on l'a tout simplement dépassée, la torpinouche de fontaine. Il y a tellement de monde partout que je ne sais plus où regarder et j'ai oublié de me faire préciser si elle serait à notre droite ou à notre gauche.

— Hum…

Quand ma mère prononce le mot « torpinouche », c'est qu'elle est en train de perdre patience. Mieux vaut éviter de la contredire. De toute façon, la voilà qui arrête déjà une jeune femme à l'air sage.

— Euh… *Scusi, signorina*[15] ? *Do you know where is la fontana di Trevi*[16] ?

— *I don't speak English*, répond la passante, en haussant les épaules.

— *No, no English, fontana di Trevi, where is it* ? répète ma mère en faisant de grands gestes de haut en bas avec ses deux mains (pour imiter l'eau coulant de la fontaine, je suppose ☺).

Le visage de la jeune fille s'illumine soudain. Se peut-il que les talents de mime de ma mère aient porté leurs fruits ?

— *Sempre dritto*[17], signale-t-elle en se tournant pour montrer la direction d'où nous venons.

— *Grazie molte*[18], répond ma mère, visiblement déboussolée.

15. « Excusez-moi, mademoiselle. »
16. « Savez-vous où se trouve la fontaine de Trevi ? »
17. « Tout droit. »
18. « Merci beaucoup. »

Puis, se tournant vers moi:

—Il semble que nous soyons passées tout droit sans la voir. Il faut rebrousser chemin. Je suis désolée.

Je me disais bien, aussi! 😛

16 H

Nous avons fini par la dénicher, cette fontaine, mais qui eut cru que de simples jets d'eau et quelques sculptures pouvaient attirer autant de monde que le Colisée! Une horde incroyable de touristes se bousculent par ici, je ne te mens pas! En fait, la foule massée tout autour du monument est si dense que nous avons peine à avancer. Tout ça pour un jet d'eau? Si au moins il s'agissait de Rihanna ou de Justin! ☺ Et voilà que deux gros autobus s'arrêtent près de moi. Encore un peu et ils m'écrasaient les orteils, ces mastodontes!

—Eh! Oh! Faites un peu attention, hein?

Les portes des deux bus s'ouvrent et des dizaines de Japonais (ou de Chinois?), équipés de téléphones cellulaires et de perches à *selfies* commencent à descendre. J'ai beau me tordre le cou, je ne vois pas à deux mètres devant moi.

—Rafraîchis-moi la mémoire, m'man, elle a quoi de spécial déjà, cette fontaine-là, pour attirer autant de monde ? On ne pouvait pas faire un vœu en jetant une pièce de monnaie dans une de celles qu'on a croisées en venant ici ?

— Elle est très connue parce qu'elle a été vue dans un grand nombre de films, ma pucette, et aussi parce que c'est LA fontaine qui a donné naissance à la tradition de jeter des pièces de monnaie dans les bassins d'eau. Et puis, elle est vraiment spectaculaire, paraît-il. Les Romains aiment ce qui est grandiose. Elle a été construite au milieu du XVIIIe siècle, dans la même pierre que le Colisée, et elle est ornée de magnifiques statues. C'est l'une des plus grandes fontaines du monde entier, et la plus jolie, selon mon guide touristique. Pas question de renoncer à l'admirer de près ! Viens, essayons encore de nous en rapprocher.

Saisissant ma main fermement, ma mère décide d'avancer envers et contre tout. Oh là là ! C'est bien la première fois que je suis obligée de jouer du coude pour voir une fontaine qui se donne en spectacle. Après avoir marché sur les orteils de plusieurs touristes et essuyé quelques regards furieux, nous finissons par obtenir une vue d'ensemble, à deux rangs du cordon de sécurité.

— Wow ! m'exclamé-je, presque malgré moi.

À ma grande surprise, l'ensemble du monument, tout en marbre blanc, est réellement grandiose. Et le bassin d'eau est presque aussi grand que la piscine près de mon école. C'est magnifique ! Au centre, une niche abrite Neptune au pied duquel coule une cascade au jet puissant.

— C'est le dieu des Océans, m'apprend maman. Il est monté sur un char tiré par deux chevaux marins et deux tritons, qui sont également des dieux marins et qui ont des queues de poisson à la place des jambes.

— Oh ! remarqué-je, comme le roi Triton dans *La Petite Sirène* de Disney ?

— Euh… si tu veux. Afin de symboliser les deux aspects qu'offre la mer, l'un des chevaux est paisible, tandis que l'autre semble très agité, m'explique ma mère. Ça te plaît ?

— Hum, oui, oui.

(Chère maman. Toujours aussi décidée à faire de moi l'ado la plus cultivée de notre quartier !)

— On s'y prend comment pour le vœu ?

— Selon la coutume, il faut jeter une pièce de monnaie de la main droite en tournant le dos à la fontaine. Si tu suis ces instructions à la lettre, non seulement ton vœu devrait être exaucé mais, en prime, tu reviendras un jour dans la ville de Rome. C'est une sorte de "deux pour un".

— Oh ! D'accord.

Le hic, c'est que nous sommes encore un peu loin du bord de la fontaine. Il faudra viser juste et loin. Maman me donne une pièce de 50 centimes et elle en tient une également. (Cinquante centimes, avoue que ce n'est pas cher pour pouvoir faire le vœu de son choix!) Le dos tourné, nous lançons nos deux pièces.

Deux « plouf ! » sonores nous confirment que l'opération est une réussite. Youpi ! Hein, quoi ? Tu veux savoir quel était mon vœu ? Hé, hé, hé ! Je te révélerai seulement que ça avait un rapport avec… Gino ! Voilà, tu sais tout… ou presque ! ☺

— Ça doit faire beaucoup d'argent dans la fontaine à la fin de l'année, toutes ces pièces de monnaie, commenté-je, en constatant que le bassin en est tellement plein que l'on peut à peine distinguer le fond.

— Les pièces que tu vois sont bien peu de chose en comparaison de ce qu'on y jette en un an, réplique maman. Figure-toi que chaque matin, avant l'arrivée des touristes, la circulation de l'eau à l'intérieur du bassin est coupée et les pièces sont ramassées par les employés de la municipalité, sous la surveillance de la police. Le total tournerait autour de 2 000 euros par jour.

— Watatatow ! Tu veux dire que l'argent qui est là n'y est que depuis ce matin et qu'il y a déjà près de 2 000 euros ?

— Absolument.

— Et la municipalité, elle en fait quoi de toute cette monnaie ?

— Elle s'occupe de remettre l'argent à des associations d'aide aux démunis, paraît-il.

— Oh ! Et mon vœu, lui ?

— Je crois que le fait que ta pièce soit retirée demain ne change pas grand-chose à la réalisation de tes rêves, pitchounette. L'idée, c'est surtout d'y croire bien fort.

— Pour y croire, ça j'y crois.

— Bien, affirme ma mère en souriant.

C'est bizarre, mais à voir son sourire, je crois qu'elle a deviné ce qu'était mon vœu. J'ai souvent l'impression désagréable que ma mère a un don de voyance ou, en tout cas, qu'elle peut lire dans mes pensées. Je ne trouve vraiment pas ça cool… 😒

17 H 30

Dans le métro qui nous ramène dans notre quartier, les wagons sont bondés et il n'y a pas de place assise. À la stupéfaction de maman, un jeune homme s'empresse de se lever pour lui céder son siège. Elle est si surprise que sa bouche reste ouverte assez longtemps pour permettre à une mouche d'y entrer. (Je blague, évidemment. Je n'ai pas vu le moindre insecte dans le métro, mais c'est vrai que ma mère reste souvent bouche bée lorsqu'elle est étonnée. ☺) Elle finit par s'asseoir, gratifiant le jeune homme d'un *grazie mille* reconnaissant, mais je la soupçonne de passer le reste du trajet à se demander s'il lui a laissé sa place par galanterie ou parce qu'elle a déjà l'allure d'une petite vieille. Je suis moi-même perplexe... Ha, ha, ha!

Une fois rendues à la *stazione* Vittorio Emanuele, nous franchissons à pied les quelques pas qui restent. Là, je boude un peu parce que ma mère vient de m'annoncer que nous devons dîner ce soir avec son ami Nathaniel Radcliff, le proviseur du lycée français où je vais passer la semaine. Tellllement réjouissant comme soirée! Déjà que je le verrai lundi et tous les jours qui suivront. Qu'est-ce qu'ils peuvent être ennuyeux les adultes, la plupart du temps! Tu ne trouves pas? Grrr... 😒

—Nous n'avons rendez-vous qu'à 20 h, alors je propose d'abord d'aller manger une glace en bas de chez nous, poursuit-elle. Puis de monter ensuite tranquillement pour prendre une douche et nous préparer. Qu'en penses-tu?

—Hum... J'en pense que c'est vraiment l'enfer d'avoir une mère qui me trimbale d'un bout à l'autre du monde et qui n'invente rien de mieux que de m'inscrire dans une école française pendant ma semaine de relâche. Et puis, c'est quoi au juste, un proviseur?

—C'est le titre que l'on donne au directeur dans un lycée, répond ma mère, sans se laisser démonter par ma tirade.

— De mieux en mieux. Si au moins ton ami avait été professeur de danse ou de musique, il aurait peut-être été rigolo.

— Qu'est-ce qui te dit qu'il ne l'est pas ? Il est charmant, je t'assure, prétend gentiment maman qui fait semblant de ne pas remarquer ma mauvaise humeur. Alors, et cette crème glacée ? Tu en as envie ?

— Si ça peut te faire plaisir ! grommelé-je.

17 H 45

Il paraît que les meilleures glaces au monde sont italiennes (selon ma mère). En tout cas, la vitrine de la *gelateria*[19] que nous avons choisie est si invitante qu'il faudrait être de marbre pour ne pas fondre devant le choix de saveurs qui s'offre à nous. On se croirait littéralement chez un marchand de bonbons ! Pour te donner un aperçu, j'hésite entre un *cono*[20] noisette, meringue et chocolat, ou miel, rose et framboises. Je finis par faire « ma petite vache a mal aux pattes[L] » et le sort tombe sur noisette, meringue et chocolat. Miam ! Je ne regrette pas mon choix. La crème glacée, ça console de tous les maux, ou presque ! ☺

---

19. Marchand de glace.
20. Cornet.

18 H 30

Je profite de ce que ma mère est sous la douche pour tenter de joindre Gino sur Facetime. Si mon calcul est bon, il est midi trente à Québec et mon chum[L] doit être devant sa console de jeux vidéo.

Gino : Jules, tu es là ! Salut ! Comment ça va ?
Moi : Je vais bien. Oh ! Gino, je suis si contente de te voir et de pouvoir te parler !
Gino : Je suis aussi content que toi, ma belle ! Alors ? Comment ça se passe, là-bas ? Tu as visité le Colisée ?
Moi : Oui, et il est fabuleusement beau. Encore plus grand et plus impressionnant que dans ton jeu vidéo ! J'aurais tellement voulu que tu sois avec moi, ce matin. En fait, tout est à la fois très beau et très bizarre ici. J'aimerais que tu puisses voir les arbres. Ils sont vraiment incroyables. Je vais mettre les photos sur Instagram tout à l'heure. Et aussi, dans le parc du Colle Oppio, il y a des fleurs et des oiseaux que je ne connaissais pas, et il faut que je te parle de la crème glacée que j'ai mangée tout à l'heure ! Je crois que c'est la meilleure que j'aie jamais goûtée de toute ma vie ! Oh ! Ah oui, et les

maisons sont couvertes d'un crépi rose, orange ou jaune, et elles ont des balcons en fer forgé et des fenêtres avec des volets. Elles sont vraiment jolies. J'aimerais bien en avoir une comme ça, un jour.
Gino : Lol ! Tu en as des choses à dire ! Reprends ton souffle, je t'écoute. Tu sembles plus enthousiaste que d'habitude. Je me trompe ?

Il rit et tout son visage rit avec lui. Il est si beau, mon Gino, et il me manque déjà tellement ! C'est trop cool de pouvoir le voir sur l'écran alors qu'il est à l'autre bout du monde et moi ici. C'est vrai que les mots se bousculent dans ma bouche tant j'ai de choses à lui raconter.

Moi : Tu te trompes complètement. En fait, j'ai aussi remarqué que tout n'est pas parfait non plus, enfin, à mes yeux de Nord-Américaine. Dans le minibus qui nous emmenait de l'aéroport à notre appartement, les ceintures de sécurité étaient défectueuses et le chauffeur ne m'a pas prêté attention quand j'ai voulu le lui faire remarquer. Sur la route, il nous a fait jouer un poste de radio qui proposait de la musique anglaise des années 1980 pendant que lui écoutait sa propre musique pop italienne avec les écouteurs de son iPod. Pas du tout rassurant ! Dieu sait ce qui aurait pu m'arriver si on avait été victimes d'un accrochage ! Tu te rends compte ? Il y a des ruines partout aussi, et je me demande parfois s'il ne serait pas possible d'en restaurer quelques-unes pour rendre la ville un peu moins… enfin, je veux dire, un peu moins vieillotte. Et puis, il y a des graffitis dans tous les coins ! Sur les murs de certains bâtiments, mais aussi sur les camionnettes stationnées dans les rues, sur les conteneurs à déchets, sur les bornes de stationnement, et même sur les bus et les voitures du métro. C'est délirant !

Gino : Wow ! Tu en vois des choses étonnantes. Chanceuse !

Moi : Et tu ne sais pas le pire ?

Gino : Non. Qu'est-ce que c'est ?

Moi : Ben, tu te rappelles que ma mère, la très chère, m'a inscrite pour la semaine dans une école secondaire, ici, à Rome ? Je commence lundi matin. Mais le pire, c'est qu'il paraît que c'est une école pour gens très riches. Ils seront sûrement tous super ennuyeux et snobs.

Gino : Peut-être pas. Je suis certain que ce sera super génial et que tu trouveras aussi des jeunes très sympathiques.
Moi : “Super génial” ? Dis plutôt que ce sera super l’enfer, oui ! Mais comment tu fais pour retourner toujours les faits comme s’ils présentaient des avantages plutôt que des inconvénients ?
Gino : Je crois que je suis d’une nature positive, ma Jules à moi, alors que toi, ben… il faut admettre que c’est plutôt le contraire, et que tu as parfois tendance à ne voir d’abord que le côté sombre des choses ou des gens. Mais ça n’enlève rien à ton charme, bien sûr, et je t’aime telle que tu es, ça c’est certain !
Moi : Hum !

Il s’est empressé d’ajouter la dernière partie, comme s’il avait peur que je prenne mal sa déclaration. Je me demande d’ailleurs ce que je dois en penser… Après avoir réfléchi là-dessus deux dixièmes de seconde, je choisis de hausser les épaules en me convainquant que si ça vient de Gino, ça ne peut pas être mal. ☺

Gino : Tu es juste effrayée à l'idée de rencontrer tous ces jeunes que tu ne connais pas. C'est ça, non ? Tu as peur d'être jugée ?
Moi : Ouais. C'est un peu ça.
Gino : Je te connais, tu es plus timide que tu en as l'air, mais aussi plus forte. Je suis certain qu'au final, ça va très bien se passer avec les élèves de cette école, même s'il est possible qu'ils soient très différents de toi. Allez, je ne serai jamais trop loin de toi en pensée, et je te soutiendrai.
Moi : Merci, Gino. Tu es vraiment le meilleur ami qu'une fille puisse avoir.
Gino : Ma mère m'appelle. On doit aller faire des courses pour l'anniversaire de mon père demain. On se reparle bientôt ?
Moi : D'accord. À bientôt, Gino.
Gino : Je t'embrasse, ma belle.

Je lui souffle une tonne de bisous jusqu'à ce que son image disparaisse. Il a raison, Gino. Lorsque je me montre négative, c'est la plupart du temps parce que je suis effrayée. Or, rien ne dit que ça ne sera pas amusant d'aller à cette fameuse école. Mieux vaut attendre avant de m'énerver... Il faut décidément que j'apprenne à respirer par le nez, moi. Comment elle fait ça, maman, lorsqu'elle pratique sa méditation, déjà ? « Ooommmm… » Pendant quelques secondes, je mime ma mère assise en tailleur, les mains sur les cuisses, paumes vers le haut, en train de respirer par le nez, les yeux fermés.

Voilà ! je me sens déjà mieux. ☺

20 H

L'ami de maman nous a donné rendez-vous dans un petit restaurant situé non loin du Colisée, via Claudia, à cinq minutes à pied de notre immeuble. La Taverna dei Quaranta est plantée dans une petite rue tranquille. Le décor est joli et chaleureux, et le patron nous a accueillis comme si nous étions des amis, car il semble particulièrement bien connaître Nathaniel « Rad-chose », l'ami de maman dont j'oublie constamment le nom de famille. À ce propos, j'ai fait une vraie folle de moi lorsque je lui ai tendu la main, au moment des présentations, parce que je ne me souvenais plus de son nom, justement :

— Enchantée, monsieur Rad-euh-rad-chose ! ai-je murmuré en baissant les yeux et en rougissant comme une vraie tarte aux tomates.

— Radcliff, mais tu peux m'appeler Nathaniel, Juliette, à condition que tu me permettes de t'appeler Jules, puisque c'est ainsi que tes amis te surnomment, m'a appris ta mère.

— Euh, d'accord.

Il semble que, pour une fois, maman ne m'a pas menée en bateau. C'est vrai qu'il a l'air gentil. Si les élèves de son école sont aussi cool que lui, ça ne sera peut-être pas trop pénible, finalement…

20 H 30

L'avantage de passer du temps en Italie, c'est indéniablement qu'il s'agit du pays où l'on a inventé les spaghettis, ainsi que la sauce *alla bolognese*, c'est-à-dire la célèbre sauce à la viande que tout le monde connaît et que j'aime plus que tout au monde ! Devine donc ce que j'ai commandé ? ☺ D'après Nathaniel, la sauce à la bolognaise porte ce nom parce qu'elle a été inventée à Bologne, une ville située dans le nord du pays. Ma mère, elle, a choisi des penne *alla carbonara*. Toujours selon mon nouvel ami, il s'agit d'une recette de sauce typique de la région romaine, cuisinée à base de lardons, de jaunes d'œufs, de fromage râpé et de poivre noir moulu (Beurk ! Je préfère de loin mon propre plat !) Quant à urbaine. J'ai hâte de découvrir de quoi il s'agit. Je t'expliquerai dès que nous y serons.

Le temps est de nouveau resplendissant ce matin. Une fois notre petit-déjeuner avalé, nous prenons la direction du parc du Colle Oppio et du Colisée. À Rome, les rues sont pour la plupart étroites, tortueuses et pavées de pierres plusieurs fois centenaires. Il faut regarder où on met les pieds ! Des rires s'échappent des fenêtres des maisons devant lesquelles nous passons. Les gens paraissent heureux, ici. Ça me rend heureuse, moi aussi. Et puis, j'aime bien marcher dans une ville que je connais à peine. Les portes et les balcons d'un autre siècle sont spectaculaires, et mes yeux ne savent plus où se poser tellement il y a de choses à découvrir, à admirer. ☺

L'église où nous nous rendons est, paraît-il, située quelque part dans le quartier historique, à l'est du Colisée et des anciens forums impériaux. Les forums, ce sont des sortes de places publiques où se réunissaient les citoyens de l'Antiquité pour faire de la politique ou des affaires. Aujourd'hui, il ne reste que des ruines, mais c'est quand même impressionnant de s'y promener. Le site est gigantesque, et c'est trop BI-ZAR-RE de m'imaginer en train de marcher en pleine époque de Jésus-Christ ! Pas étonnant qu'on dise de Rome que c'est parce que ma mère m'avait demandé de l'aider à vider et à nettoyer le frigo, alors qu'en réalité j'avais passé la soirée à « chatter » avec Gino à l'ordi. Ben quoi ? Je n'avais pas compris que le prof allait accorder des points à ce devoir, moi !

La fameuse sculpture de marbre date du Ier siècle après J.-C., d'après maman. C'est une sorte de disque de marbre représentant le visage, assez effrayant, je dois reconnaître, d'un homme barbu. Ses yeux et surtout sa bouche sont des trous béants. Encore une fois, il y a une file devant nous, mais l'attente n'est pas bien longue. La chose semble sérieuse parce que tout le monde chuchote nerveusement et se triture les mains en attendant son tour… Au secouuurs !

11 H 05

C'est notre tour. Reste que je n'ai pas du tout envie de mettre ma main dans la bouche de cette, de cette… chose. Même maman hésite un peu. Elle regarde ses deux mains et choisit la gauche (il y a certainement un message là-dessous !). Elle tend lentement les doigts et, hop ! elle entre et sort la main aussi vite qu'une prestidigitatrice, en levant les yeux au ciel.

— T'es certaine de ne pas avoir triché là, m'man ?

— Pas du tout ! Allez, c'est à toi !

— Bof, dis-je, en haussant les épaules, ce type de superstition, moi, je n'y crois pas, alors non merci.

— Comme tu veux, pitchounette, concède ma mère avec un clin d'œil accompagné d'un sourire narquois.

— Ce n'est pas du tout ce que tu crois, m'man !

— Mais je ne crois rien du tout, rassure-toi. De toute façon, selon mon guide, il semblerait qu'en réalité, cette plaque n'ait été à l'origine qu'une simple plaque d'égout.

(Grrr… Elle n'aurait pas pu me donner cette information avant ? 😛)

11 H 15

Bien que la journée commence à peine, il faut quand même penser à ce que nous mangerons à midi. Ma mère propose de nous rendre dans un quartier appelé Trastevere, qui est situé de l'autre côté du Tibre, pour y passer l'après-midi.

— C'est un joli nom, mais il y a quoi là-bas ?

— C'est un quartier très typique, apparemment, et il semble que l'on y trouve de nombreuses *trattorie*.

— Qu'est-ce que c'est, une *trattorie* ?

— On dit une *trattoria* au singulier, poussinette. C'est un petit restaurant, généralement bon marché, servant de la cuisine italienne traditionnelle, des pâtes, de la pizza et d'autres bonnes choses.

Elle sourit.

— Miam, miam. Ça tombe bien, j'ai l'impression d'avoir pris mon petit-déjeuner il y a mille ans, minimum.

Je me frotte le ventre.

— Je te reconnais bien là. Alors, allons-y ! m'entraîne-t-elle.

11 H 30

À quelques minutes de l'église Santa Maria in Cosmedin, vers l'ouest, coule le Tibre. (C'est un fleuve, d'après les gens ici, mais moi, je trouve qu'il a plutôt l'air d'une rivière parce qu'il n'est pas très large.) Nous traversons le ponte[3] Palatino et, de l'autre côté, nous marchons encore une dizaine de minutes avant de déboucher sur une très jolie piazza sur laquelle nous attend une autre église : Santa Maria in Trastevere. (Il y a presque autant d'églises que d'habitants à Rome, me semble-t-il.) Maman m'apprend que Trastevere signifie « au-delà

3. Pont.

du Tibre». Ils ont de la suite dans les idées, ces Italiens ! Elle me raconte aussi qu'une légende ancienne prétend que l'église a été érigée à l'emplacement où une source d'huile aurait miraculeusement surgi le jour de la naissance du Christ. Décidément, il y a des légendes pour tout ici !

Une chose est certaine, le quartier tout autour de cette place ressemble réellement à un village de conte de fées ! La plupart des rues sont réservées aux piétons et les façades des maisons sont si belles que je veux m'arrêter sans cesse pour prendre des photos avec mon iPad ! Partout, il y a de jolies boutiques, des terrasses invitantes, des vendeurs ambulants, des ateliers d'artistes et autant de familles romaines que de touristes. Je tombe immédiatement en amour avec cet endroit que je déclare «mon deuxième coin préféré à Rome». Oooh ! L'ambiance est si romantique que je voudrais surtout que Gino soit là pour se promener avec moi, main dans la main. (J'aimerais bien que Gina soit ici, elle aussi, mais plutôt pour entrer et sortir des boutiques. ☺)

12 H 30

Comme mon estomac ne me laisse pas de répit, nous choisissons la terrasse d'un *ristorante*[4], via Luciano Manara, dont les prix semblent particulièrement raisonnables. L'endroit s'appelle Carlo Menta. Drôle de nom, tu ne trouves pas ?

Maman choisit des penne *al gorgonzola*. Tu sais ce que c'est, le gorgonzola ? C'est une sorte de fromage bleu. Ça signifie qu'on y a introduit des moisissures ! Ark-que ! 😝 Quant à moi, j'opte plutôt pour un bol de spaghettis *alla bolognese*, une valeur sûre. En Italie, si on veut boire de l'eau à table, il faut la plupart du temps la commander sur le menu. De l'*acqua minerale gassatta o liscia*, c'est-à-dire « gazeuse ou plate ». Facile ! On nous apporte une grande bouteille de chaque sorte. Oh là là, je me demande comment nous allons faire pour boire tout cela !

14 H

Après avoir terminé notre repas, ma mère et moi « roulons » littéralement hors de la terrasse. Ouf ! C'est que les portions ne sont pas minuscules à Rome. Je n'avalerai plus rien d'ici ce soir, c'est

4. Restaurant.

certain ! À moins que je ne me laisse tenter par une petite glace tout à l'heure...

— On verra, tempère maman. Je vais bientôt devoir t'appeler ma gloutonnette, si tu continues !

(Pitié ! Nooon ! 😲)

Pour nous aider à digérer, nous décidons de monter au sommet du Janicule, une colline située à l'ouest de l'endroit où nous sommes. De là-haut, il paraît que « la vue sur Rome est sans pareille », d'après le guide touristique que ma mère ne quitte jamais. Je me demande si j'apercevrai le Colisée !

14 H 45

J'ai chaud ! Le Janicule ne fait pas partie des légendaires collines de Rome, qui sont toutes de l'autre côté du Tibre, mais il n'en reste pas moins que c'est toute une montée ! (J'avoue que le nom est bizarre. Ça ressemble vraiment à « clavicule » ou « ridicule », mais en italien, il paraît que ça se dit Gianicolo. Encore plus rigolo, non ? ☺) Cependant, maman (ou son guide touristique) avait raison, la vue de Rome que l'on a d'ici est plus que spectaculaire. Notre regard porte même sur la campagne environnante, verte et lumineuse. Wow ! J'inspire profondément. Ces trois premiers jours à Rome se sont vraiment bien déroulés. Tout ce que j'ai vu, ou à peu près, m'a séduite. J'espère tellement que ce sera encore le cas les cinq prochains jours...

— Et si on redescendait pour aller quelque part manger une glace, m'man ?

22 H 30

Nous sommes rentrées à l'appartement autour de 18 h. Comme la journée de demain sera chargée, nous avons convenu de passer la soirée tranquillement devant une série télé. Malheureusement, je dois me rendre à l'évidence : je ne maîtrise pas « vraiment » l'italien. Tous ces acteurs parlaient tellement vite que je ne suis pas arrivée à saisir quoi que ce soit et que j'ai fini par me lasser. J'ai bien tenté de joindre Gino et Gina sur Facetime, mais aucun des deux n'était disponible. ☹ Je me demande bien pourquoi... Quoi qu'il en soit, je suis au lit depuis 21 h 30 et je n'arrête pas de me tourner et de me retourner d'un côté puis de l'autre. Je n'arrive pas du tout à m'endormir ! Le décalage horaire est en cause, bien sûr, mais je suis également anxieuse, vraisemblablement. J'ai sans doute tort, mais je n'y peux rien. Ça t'arrive de faire de l'insomnie quand tu es inquiète, toi ?

Lundi 6 mars

7 H 05

— Allez, Juliette, lève-toi !

— Hummm !

— Ju-li-et-te ! Lève-toi !

Si ce n'est pas un cauchemar, je me demande ce qui peut l'être, hein ? Et ne me dis pas que tu ne vois pas où je veux en venir ! Nous sommes au premier VRAI jour de la semaine de relâche scolaire et ma mère me crie après en me demandant de me lever pour aller à l'école. AU SECOURS ! Peut-être que si je mets mon oreiller sur ma tête, je vais changer de rêve ou, mieux, ne me réveiller que samedi prochain…

— JULIETTE !

Oups ! Mauvaise tactique. Voilà ma mère qui débarque en rugissant et qui soulève mes couvertures.

— Par pitié, nooon ! M'maaan !

—Ne fais pas la difficile. Lève-toi et habille-toi vite. Ton petit-déjeuner est déjà sur la table. Le lycée Chateaubriand est à plusieurs stations de métro d'ici. Il risque d'y avoir beaucoup de monde et tu dois être en classe à 8 h 30. Allez, fais un petit effort ! Fais-le pour moi, poussinette, ajoute-t-elle d'une voix doucereuse.

Grrr… J'ai l'impression d'être une esclave qu'une matrone romaine essaye de convaincre que c'est pour son bien qu'elle la conduit dans l'arène où elle servira de nourriture aux lions ! 😑

7 H 45

Après avoir traversé le parco di Colle Oppio en hâte, nous avons pris la ligne B du métro, au départ de la *stazione* Colosseo, de l'autre côté de la via Nicola Salvi. Certainement surpris de me croiser de si bon matin, les oiseaux qui pépiaient dans le parc semblaient m'envoyer des messages subliminaux tels que : « Pauvre Jules. Où vas-tu avec ce visage sur lequel est resté imprimé ton oreiller ? Pourquoi te presses-tu tant, si tu n'as pas envie d'y aller ? Passe plutôt la journée avec nous ici. Nous pourrions jouer ! » ☹

Les wagons sont archibondés et nous sommes serrés comme des sardines. Je déteste sentir les corps d'étrangers si près du mien ! En tout cas, je ne suis pas à Québec là, c'est sûr et certain. Des gens de toutes provenances et de toutes les couleurs de peau voyagent dans ce wagon. C'est remarquable ! Mais personne ne parle et à peu près tout le monde a l'air maussade. Personne ne se lève non plus pour céder son siège à ma mère, cette fois. Quand il n'y a plus de place pour faire entrer ne serait-ce qu'une épingle, la porte s'ouvre et d'autres gens trouvent le moyen de monter ! *OMG !* Il est 8 h du matin, on me marche sur les pieds, je transpire et j'ai du mal à respirer ! Comment se fait-il que je me retrouve toujours dans ce genre de situation rocambolesque, moi ?

8 H

Nous descendons à la *stazione* Castro Pretorio. Enfin, de l'air !

— Bon, commente maman en dépliant son plan de la ville, à partir d'ici, je crois que nous n'avons plus qu'une dizaine de minutes à marcher ! Il faut suivre la viale Castro jusqu'au rond-point, puis prendre la via di Villa Patrizi. Ton école est située au numéro 31 de cette rue.

— Hum ! Si tu le dis.

—Allez, pitchounette. Ne fais pas cette tête. Je te promets que ça va bien se passer.

—…

Le quartier est calme et très chic. Le chant mélodieux des oiseaux qui semble m'avoir suivie jusqu'ici me change un peu les idées. Je recommence à respirer. Les terrasses des maisons sont soutenues par des colonnes de marbre et les fleurs sont omniprésentes. Partout, ça sent l'aisance et le luxe. Je suis bien loin de notre maison du quartier Saint-Roch, à Québec. Nous ne tardons pas à arriver en vue du lycée Chateaubriand. Ayoye ! C'est immense ! On dirait presque un château ! Une prison dorée, sans doute… 😛

—Regarde, choupinette ! N'est-ce pas magnifique ? On se croirait dans *Le Journal d'une princesse* ! Tu vas passer une formidable semaine à côtoyer des jeunes de la haute société de Rome. Quel privilège ! Et il y a Nathaniel qui est là à nous attendre. Nathaniel ! NA-THA-NIEEEL !

Folle d'enthousiasme, ma mère lui fait de grands signes de la main en hurlant son nom. Quelques élèves qui discutent à la porte de l'école se retournent et nous jettent des regards interrogateurs. Certains affichent des sourires narquois. Moi qui souhaitais que notre arrivée passe inaperçue, c'est raté. Bravo, maman ! Grrr…

8 H 30

Après que Nathaniel nous a rapidement fait visiter l'école, mon excentrique de mère m'a embrassée (devant tout le monde, évidemment : j'ai trop hooonte !) et s'est sauvée en me promettant d'être de retour à 14 h, soit à l'heure du lunch, ici à Rome. Maintenant, c'est le moment fatidique, celui où je dois faire mon entrée dans le premier cours prévu à mon horaire. Oh non, voilà que je m'aperçois que mes aisselles sont moites de transpiration ! Il faudra que je garde ma veste sur mon dos toute la journée !

— Il s'agit d'une classe de français, m'informe Nathaniel, sur le pas de la porte. Tu verras, la professeure, mademoiselle Morival, est vraiment gentille. Elle te plaira, j'en suis certain.

Je veux vraiment le croire. En fait, je souhaite de tout mon cœur qu'il dise vrai. Sous l'œil curieux des élèves de la classe, nous faisons notre entrée. Lui, souriant comme s'il venait annoncer une bonne nouvelle. Moi, transpirant comme si je venais de courir cinq kilomètres.

L'enseignante est une jolie brunette qui doit avoir autour de vingt-cinq ans. Elle m'adresse le plus beau des sourires en me tendant la main et en me souhaitant la bienvenue. Ça me rassure un peu. Sans plus attendre, Nathaniel s'adresse à la classe :

— Mesdemoiselles et messieurs, bonjour !

— Bonjour, monsieur le proviseur ! répondent en chœur les élèves.

Si je n'étais pas si nerveuse, je crois que je poufferais de rire. À l'école secondaire que je fréquente, jamais le directeur n'aurait l'idée de s'adresser aux élèves en commençant par « Mesdemoiselles et messieurs ». Enfin...

— J'ai ici quelqu'un de très spécial à vous présenter, poursuit-il, en se plaçant derrière moi et en posant chaleureusement ses mains sur mes épaules. Juliette Bérubé est la fille d'une amie très chère. Elles nous viennent du Canada où cette amie est journaliste. Pendant que sa maman travaillera à récolter des données pour un reportage qu'elle doit réaliser sur Rome, nous aurons l'honneur de passer toute cette semaine avec Juliette, qui a treize ans, bientôt quatorze. Je compte sur chacun d'entre vous pour faire de son séjour parmi nous l'une des plus belles semaines qu'il lui aura été donné de vivre.

— Oui, monsieur le proviseur, répètent les élèves.

— Tu es la bienvenue parmi nous, Juliette. Installe-toi juste là, dit l'accueillante mademoiselle

Morival, en m'indiquant un bureau libre au milieu de la classe.

8 H 35

La porte s'étant refermée sur Nathaniel, je me sens tout à coup bien seule. (Gino et Gina, au secours !) Aussi rouge qu'une tomate italienne, je m'installe à la place indiquée, souhaitant de tout cœur que tous les regards braqués sur moi se tournent bientôt vers autre chose. En observant les élèves à la dérobée, je serais curieuse de savoir lesquels sont fils ou filles de célébrités… (Je me demande même s'il est possible que la plus jeune des sœurs Kardachiantes fréquente cette école ? Avec un nom pareil, elles sont sûrement italiennes, non ? Tu ne crois pas ?)

— Alors, mesdemoiselles et messieurs, vendredi dernier, nous nous sommes laissés sur le chapitre 9 du premier tome du *Comte de Monte-Cristo*. Prenez vos livres à la page 144 et discutons du sentiment de solitude. Pourquoi donc le personnage d'Edmond Dantès, du fond de sa prison, a-t-il parfois l'impression qu'il va devenir fou ?

Tout en parlant, l'enseignante me tend une copie du roman écrit au XIXe siècle par Alexandre Dumas. Oh, *boy* ! Pas tout à fait aussi palpitant que je l'espérais... Je sens même que je risque de m'endormir ! Déjà, mes paupières se font lourdes. Soudain, une main effleure mon bras. Je tourne la tête et m'aperçois que mon voisin de droite, un beau garçon à l'abondante chevelure frisée, me murmure quelque chose à l'oreille en souriant et en me tendant la main.

— Heureux de faire ta connaissance, Juliette. Je m'appelle Emanuele. Je suis romain, mais ma mère est française.

— Oh ! Enchantée, réponds-je en lui rendant son sourire et en serrant la main tendue.

Bon, ben, finalement, ce ne sera peut-être pas si terrible de fréquenter cette école. ☺

9 H 35

À la fin de son cours, mademoiselle Morival a demandé à Emanuele de me piloter jusqu'au suivant, c'est-à-dire le cours de géographie. Ouf ! J'ai cru que j'allais mourir d'ennui en compagnie du *Comte de Monte-Cristo* (un pauvre homme trahi par de prétendus « amis » et qui se retrouve, malgré son innocence, enfermé dans une horrible prison française d'autrefois, alors que les conditions de détention étaient on ne peut plus effroyables).

Souhaitons que la géo soit plus palpitante, mais j'en doute un peu…

Alors que le garçon et moi nous apprêtons à entrer dans le local de classe, un petit cercle de curieux se forme autour de nous.

— Comme ça, tu viens du Canada ? commente une blonde à l'allure époustouflante, coiffée comme une actrice de cinéma et habillée de la tête aux pieds de vêtements griffés, chaussures comprises.

— Euh… oui. Du Québec, en fait. C'est pour cela que je parle français.

— Sans blague, tu parles français, toi ? poursuit la fille, moqueuse. Je n'avais pas remarqué avec ton accent. Tu l'as appris dans une cabane au fond des bois ?

Bouche bée, je ne sais trop que répondre. Heureusement, Emanuele ne tarde pas à venir à ma rescousse.

— Sois gentille, Claudia. Tu ne vois pas que c'est difficile pour elle d'être catapultée dans une école où elle ne connaît personne, et seulement pour une semaine, en plus. Si tu n'as rien de plus accueillant à lui dire, passe ton chemin.

(Ce garçon est un ange, décrété-je mentalement.)

— Ça va ! pas besoin de sortir tes griffes, je ne vais pas la manger. Si ça t'amuse de jouer les saint-bernard, Emanuele, ne te gêne pas, rétorque la fille avant d'entrer dans la classe en haussant les épaules avec un air blasé.

— Ne fais pas attention à elle, me conseille une autre lycéenne en s'approchant à son tour, la main tendue. Claudia n'est pas méchante, mais parfois, elle arrive à peine à se supporter elle-même. Moi, je m'appelle Aïcha, je suis tunisienne et je suis très heureuse de faire ta connaissance.

La nouvelle venue a l'allure d'une sorte de princesse sortie tout droit des *Mille et Une Nuits*. Elle porte une magnifique tunique de soie mauve, ses longs cheveux noirs sont rassemblés en une natte épaisse et brillante et, malgré son jeune âge, ses yeux sont soulignés de khôl[1]. Pour la première fois depuis ce matin, je comprends à quel point je dois avoir l'air ordinaire avec ma jupe en jeans, mon t-shirt noir et mon cardigan rouge. Sans compter les Converse que j'ai aux pieds...

— Moi, je m'appelle Alice et je viens de Nouvelle-Calédonie, m'apprend une autre fille (à la silhouette sportive, aux cheveux courts et noirs, à la peau

1. Le khôl est une pâte cosmétique noire, originaire d'Égypte, qui sert traditionnellement (depuis 4 000 ans, paraît-il) à souligner à grands traits les yeux des jeunes filles et des femmes arabes et berbères.

dorée, au nez légèrement retroussé avec des lèvres roses ouvertes sur une rangée de petites dents très blanches), en me tendant la main, elle aussi.

— Moi, c'est Elias, *ciao, bella ragazza*[2], déclare un garçon avec un léger accent hispanique et un sourire charmeur. Je viens du Chili.

— Et moi, Juliette, mais mes amis m'appellent Jules, révélé-je en rougissant et en me sentant un peu tarte de ne rien trouver d'autre à déclarer.

11 H 38

Me voilà soudain au centre d'un attroupement d'élèves qui me souhaitent la bienvenue et me posent mille et une questions sur ma propre école au Québec, sur mes profs, ma maison, mes parents et mes amis.

— Comme ça, ta mère est journaliste ? demande un garçon aux cheveux blonds, aux yeux bleus et à la mâchoire proéminente, répondant au prénom d'Andrea[3].

— Oui, confirmé-je platement.

— Et ton père ? Il fait quoi ? veut savoir une grande fille (elle me dépasse au moins d'une tête !)

2. « Bonjour, belle fille. »
3. En Italie, Andrea est un prénom masculin.

à la chevelure rousse très bouclée et aux yeux verts spectaculaires.

— Je ne le connais pas, avoué-je, mal à l'aise.

(Non mais, que suis-je supposée répondre à cette question ? J'aurais dû en parler avec maman avant. Ils vont me prendre pour une fille bizarre !)

— Tu veux dire que tu vis seule avec ta mère ? Ne m'explique pas qu'en plus vous n'avez personne qui fasse votre ménage ou la cuisine ? s'enquiert la prénommée Alice, avec une moue incrédule.

— Euh... C'est ça, ma mère cuisine elle-même et je l'aide à faire le ménage, balbutié-je, un peu abasourdie par toutes ces questions.

— Tu es venue en métro ? Comment te rends-tu à l'école, chez toi ? m'interroge Elias.

— Ma mère m'a accompagnée en métro ce matin, mais d'habitude, je vais à l'école toute seule, en bus.

— Personne ne va donc te conduire ? demande encore le blondinet, avec une moue un peu dédaigneuse, me semble-t-il. Moi, mon père m'accompagne tous les matins dans sa Lamborghini. Vroom, vraaaoum, fait-il en imitant un moteur puissant.

Je n'en crois pas mes oreilles !

— Vantard, va ! s'écrie une voix. La plupart du temps, c'est ta mère qui t'amène dans sa vieille Alfa Romeo. Teuf, teuf, teeeuf !

Des rires fusent.

— Moi, le chauffeur de ma mère me conduit tous les matins en limousine après l'avoir emmenée à l'ambassade, m'annonce fièrement la grande rousse.

— C'est quoi, une ambassade ? questionné-je timidement.

Éclat de rire général ! Ben quoi ?

— Sans blague, tu ne sais pas ce que c'est ? questionne la rouquine, dont le visage entier exprime la condescendance.

J'hésite entre répondre ou me taire. 😑 Je suis sur le point de lui demander si elle sait, de son côté, ce qu'est un inukshuk[L] quand Emanuele vient gentiment à mon secours.

— Une ambassade est la représentation diplomatique d'un État ou d'une nation dans un pays étranger. La mère de Constance est ambassadrice de France, elle représente donc ce pays en Italie.

— Oh ! fais-je, sans être certaine de bien comprendre ce que cela implique.

Il faut dire que la fille en question (j'ai compris qu'elle s'appelle Constance) semble tout sauf modeste et encore moins sympathique. Néanmoins, elle me sourit de toutes ses dents. Un sourire avec les yeux qui ne sourient pas. Tu vois ce que je veux dire ? Tu crois que j'interprète peut-être mal ses intentions ? Je pense soudain à Gino qui pense que je suis parfois prompte à ne voir que le mauvais côté des choses ou des gens. Hum... Essayons de rester positive ! Respire, Jules, respire.

— On va pique-niquer dans le parc de la Villa Borghese à l'heure du lunch, tu veux venir avec nous ? m'invite une fille à l'allure plus simple (brunette, cheveux longs, même taille que moi) qui semble être la meilleure amie de « miss ambassade ». On s'achète des morceaux de pizza et on les apporte là-bas avec des trucs à boire.

Me serais-je fait une alliée dans le camp ennemi ? Je dois malheureusement décliner l'invitation.

— Je ne peux pas aujourd'hui, maman doit venir me prendre à 14 h, mais peut-être une autre fois ?

À ma grande surprise, la fille éclate de rire.

— Ta maman, tu dis ? Allez, c'est ça, va retrouver ta maman, petite. Pour demain, on verra.

En la regardant s'éloigner, j'ai l'impression, pour la troisième fois aujourd'hui, qu'on se paie ma tête et je n'aime pas trop cela. Je suis encore en train de chercher une réplique lorsqu'Emanuele intervient de nouveau.

— Ne t'occupe pas de Filippa. Constance et elle sont inséparables et un peu... spéciales. Allez, viens, sinon on va être en retard en géographie.

En retard ? Misère ! Comment ai-je pu me retrouver dans cette situation en pleine relâche scolaire, moi ? C'est la DERNIÈRE fois que j'accepte les plans de galère de ma très chère mère !

14 H

OMG ! J'ai cru qu'il ne serait jamais 14 h et que je ne sortirais jamais de cette torpinouche d'école ! Il y a bien une pause d'une demi-heure à 11 h, mais je ne peux pas croire que la véritable « heure du lunch » soit si tardive. Je me sens sur le point de défaillir, moi !

— Alors ? questionne l'auteure de mes jours, venue me chercher à la sortie. Comment ça s'est passé, pitchounette ?

— Chuuut, maman ! Ne m'appelle pas "pitchounette" ici, devant tout le monde. On va se moquer de moi !

— Mais pourquoi, ma poussinette ?

— (Soupir !) Laisse faire, m'man, je t'expliquerai tout à l'heure. Viens !

Je l'attrape par le bras et l'entraîne le plus rapidement possible hors de la vue des autres élèves qui sortent du lycée par petites grappes pour aller manger à deux, trois ou quatre dans le parc.

— J'ai hâte de t'entendre, choupi… Je veux dire, ma puce ! se ravise-t-elle. J'ai pensé qu'on pourrait aller pique-niquer dans le parc de la Villa Borghese qui est tout près d'ici. Il paraît que c'est un endroit splendide.

— …

— Juliette ? Tu es d'accord ?

— Pas trop, non. Tu n'aurais pas plutôt un musée à me faire visiter ?

— Es-tu malade ? riposte-t-elle en posant sa main sur mon front. Tu m'inquiètes, là !

— Non, je ne suis pas malade. Juste soulagée de te retrouver, réponds-je avec un sourire sincère. Alors, j'aimerais te faire plaisir.

(Le pire, c'est sans doute que je suis cent pour cent sérieuse tellement je lui suis reconnaissante d'être venue me chercher !)

— Il y a le Vatican qui m'intéresse, et la fameuse chapelle Sixtine, dont le plafond a été peint par Michel-Ange.

— Un ange, tu dis ?

— Non, un très célèbre peintre du XVIe siècle.

— Tout ce que tu voudras tant qu'on s'éloigne d'ici. On va manger quelque part avant ?

— Il y aura certainement des tas de boulangeries tout autour. Un *panino*[4], ça te va ?

— Jambon, fromage ?

— On devrait pouvoir te trouver cela.

Nous reprenons le métro là où nous sommes descendues, le matin, puis changeons de ligne à la gare centrale, la gare Termini. (Je trouve que c'est un nom si joli pour une gare !) Sur la ligne A, nous descendons à la *stazione* Ottaviano. Là, une multitude de petits cafés, de restaurants et de boulangeries s'offrent à nous. Des boutiques aussi.

— M'man, on pourrait magasiner ?

— Je croyais que tu avais faim ?

— J'ai faim, oui, mais après "avoir mangé".

— Pas question.

— Comment ça "pas question" ?

— Oh, Julieeette, tu ne vas pas commencer ?

— Mais maman, tu ne comprends pas. Tu m'envoies dans une école chic toute la semaine alors que je suis habillée comme Cendrillon. Tu n'as pas vu l'allure des autres filles !

Elle sursaute, comme piquée par une abeille.

---

4. Sandwich.

— Comme Cendrillon ? Quelqu'un t'a fait une remarque au sujet de tes vêtements ?

C'est l'heure de vérité. Dois-je tout lui raconter ? Je veux dire, devrais-je lui parler de la blonde Claudia, habillée et coiffée comme une carte de mode et qui s'est moquée de mon accent ? Ou de Constance et de sa copine Filippa qui se sont montrées si méprisantes ? J'hésite. Je n'ai pas envie de passer pour un bébé, et encore moins de voir ma mère rappliquer en classe avec l'intention de passer un savon à ces pimbêches qui risqueraient alors de me le faire payer pendant le reste de la semaine. Je choisis une tactique plus subtile.

— En fait, non. Mais les autres filles n'ont pas cessé de regarder ma jupe et mon t-shirt avec insistance. Tu sais, dans cette école, les élèves ne portent que des habits griffés. Ce n'est pas que je veuille de ce genre de vêtements, non, mais je me suis sentie un peu, comment dire, mal à l'aise…

— Oh, pitchounette ! Je te comprends tellement. Ma mère m'a inscrite dans une école privée en cinquième secondaire et, par souci d'économie, elle me forçait à mettre des chaussures de course en cuir synthétique avec mon uniforme alors que toutes les autres filles portaient de magnifiques souliers blancs en cuir véritable. J'avais honte de moi et les sœurs Morency ne se faisaient pas prier pour me faire sentir moche parce que ma mère avait moins de sous que leurs parents. Il n'est pas question que tu vives la même angoisse. Allons immédiatement t'acheter une nouvelle paire de chaussures !

(Hum... Ce n'est pas exactement ce dont j'avais envie, mais...)

— Et une jolie petite robe aussi, peut-être ? risqué-je.

Elle hésite un moment, semblant réfléchir.

— Si tu veux, finit-elle par acquiescer, et aussi de nouveaux bas et un cardigan, et même un mignon petit sac, s'ils ne sont pas trop chers.

Et voilà ! ☺

16 H

Après avoir avalé en vitesse des sandwichs dans la première *panetteria*[5] venue, maman et moi avons littéralement dévalisé les boutiques situées entre la station de métro et l'entrée des Musées du Vatican. J'ai une nouvelle robe orange (qui s'harmonise particulièrement bien avec la couleur de mes cheveux et de mes yeux) et une autre en fin lainage bleu marine (qui met vraiment la finesse

5. Boulangerie.

de mes jambes en valeur). J'ai aussi des chaussettes neuves (deux paires orange et deux paires bleues), des super chaussures et deux nouveaux cardigans. Yééé ! Le hic, c'est qu'il faut maintenant transporter tout cela. Ce ne sera pas évident de se faufiler à travers la foule qui se pressera certainement dans ces musées ! Heureusement, à cette heure-ci, il n'y a plus de file d'attente. En deux temps, trois mouvements, nous nous retrouvons devant un gardien de sécurité chargé de fouiller nos sacs à main et nos paquets.

Ce dernier, mécontent, pointe nos sacs du doigt et se met à nous crier après en italien (évidemment). Ahurie, ma mère le regarde sans comprendre.

— *Non capisco*[6], répète-t-elle naïvement. *Do you speak English ?* Français ?

Sans même faire mine de se soucier de ses questions, le gardien nous montre la sortie.

— Je crois qu'il dit que nous ne sommes pas autorisées à entrer avec des sacs, hasardé-je, en remerciant le ciel de m'accorder cette deuxième faveur de la journée.

— Oh ! émet ma mère, dépitée. Alors, tant pis, ce sera pour une autre fois. On rentre à la maison

6. « Je ne comprends pas. »

déposer tout ça et on se trouve une *trattoria* pour dîner ?

Hourra ! Je rêve de manger encore des spaghettis *alla bolognese* depuis hier ! Il n'y a pas à dire, cette journée se termine vraiment sur une meilleure note qu'elle n'a commencé. ☺

Mardi 7 mars

7 H 05

— Juliette, lève-toi !

— Hum...

— Ju-li-et-te !

— ...

— JU-LI-ETTE !

OMG ! Encore le même refrain ! Si je ne peux pas appeler ma mère pour me sauver, qui puis-je donc implorer de venir à mon secours ?

8 H 20

Après une course folle entre l'appartement et le métro, et quinze minutes de promiscuité avec la foule d'un wagon toujours aussi bondé (il y avait deux ou trois passagers qui ne sentaient pas bon du tout, là-dedans !), me voilà de nouveau devant les portes de l'enfer !

—J'ai un rendez-vous important ce matin, Juliette. Je n'ai donc pas le temps de m'attarder. Ça ira ?

Je ne sais que lui répondre. Je me vois mal me plaindre d'avoir été mal accueillie hier, d'autant plus qu'Emanuele, Aïcha, Alice et Elias ont pour leur part été plutôt sympathiques. J'imagine que ça devrait aller… Et puis, j'ai mis ma super robe orange et, malgré le fait que j'aie manqué de temps dans la salle de bain ce matin, je me sens plus sûre de moi que je ne l'étais hier.

—Oui, oui, mais ne sois pas en retard cet après-midi !

—Promis, ma pitchou…

—Ma-man. Pas de "pitchounette" ou de bisous devant la porte du lycée ! OK ?

—C'est vrai ! j'oubliais. D'accord. Bonne journée alors, poussi… Je veux dire, Juliette.

Elle s'éloigne avec un gentil signe de la main. Sacrée maman ! Elle est un peu excentrique, mais je l'aime vraiment. Ce que j'aime moins, c'est qu'il paraît que je commence ma journée avec un cours de maths, moi. Ouch ! 😛

8 H 25

— Tiens, revoilà notre petite Canadienne ! s'exclame une voix moqueuse dans mon dos. Alors, tu t'es coiffée avec un râteau, ce matin ? C'est la mode dans les bois, chez toi ?

Isssh ! Tu crois que je devrais me retourner pour voir qui vient de dire ça, ou pas ? Ce ne sera pas nécessaire ! Voilà Constance, accompagnée de sa meilleure amie, qui arrive dans mon champ de vision. La grande perche se permet même de tendre la main vers mon chignon improvisé. Je dois reconnaître que je n'ai pas plus eu le temps de m'occuper de mes cheveux que de prendre mon petit-déjeuner, ce matin… D'ailleurs, j'ai faim. Mon estomac gargouille et cette désagréable sensation présente le désavantage de me mettre de mauvaise humeur, en particulier le matin. Je réagis donc du tac au tac :

— Et toi, la girafe, tu as laissé ta gentillesse à l'ambassade avec ta maman ?

La pimbêche ne s'attendait probablement pas à m'entendre lui répliquer parce qu'elle demeure muette un moment avant de riposter :

— Pauvre idiote ! Allez, Filippa, entrons et laissons l'indigente quémander l'amitié d'Emanuele et de ses petits copains bronzés.

La pique me fait aussi mal qu'un coup de poing dans l'estomac. Quelle cruche, cette fille ! Malgré moi, j'ai les larmes aux yeux. Elle m'a traitée d'idiote et d'indigente et je n'ai rien trouvé à répliquer. La plus cruche des deux, c'est peut-être moi finalement ! ☹. Heureusement, Emanuele et Aïcha arrivent, eux aussi. Je me demande ce qu'elle a voulu dire par « petits copains bronzés ». Tu crois qu'elle faisait référence au fait que la couleur de la peau de plusieurs de mes nouveaux amis tire sur le chocolat au lait ? Non ! Il n'est pas possible d'être aussi stupide au XXIe siècle ! 😝

— Alors, Juliette, ça va ce matin ? m'interroge Aïcha en me faisant la bise sur les deux joues.

— Bonjour, mon amie, tu n'as pas eu trop de mal à sortir du lit ? questionne gentiment Emanuele, qui m'embrasse aussi. Si je ne me trompe pas, il est deux heures du matin au Québec en ce moment, non ? Tu te sens d'attaque pour le cours de maths ?

— Euh...

— Il y a anglais après. Là, tu devrais nous en mettre plein la vue à tous ! m'encourage Aïcha en souriant.

Tous deux me regardent gentiment, alors je ravale ma rage et je leur souris. La bienveillance de mes nouveaux amis me réconforte. Et puisque le second cours, c'est anglais, je devrais effectivement enfin être avantagée. Après tout, ne suis-je pas nord-américaine ? On apprend l'anglais dès l'école primaire chez nous ! ☺

11 H

Ouf ! Enfin l'heure de la longue pause. Finalement, non seulement le cours de maths a failli avoir ma peau, mais le cours d'anglais est loin de s'être révélé à la hauteur de mes espérances… ☹ Poche[L], je suis poche. Pire, je suis le fond de la poche. L'anglais, tel qu'on l'enseigne ici, en Italie, ne ressemble en rien à celui que l'on nous apprend chez nous, au Québec. Ici, il s'agit de celui de Grande-Bretagne, tabarnouche ! Par exemple, l'accent qu'il faut prendre est très différent et, bien que j'aie passé pas mal de temps à contorsionner ma bouche et ma langue dans tous les sens, je ne suis arrivée à rien d'autre qu'à faire rire de moi. En plus, au lieu de dire *elevator,* il semble qu'il faille utiliser *lift*. On ne dit pas non plus *a cup of tea*, mais *a cuppa*, et j'en oublie. La classe entière s'est esclaffée quand j'ai essayé de répondre en anglais *british* (en tentant de bien sortir la langue entre mes dents) aux questions du prof (qui, par ailleurs, a lui-même l'air d'un véritable bulldog anglais). Comme si ce n'était pas assez, Claudia, la fashionista, a passé son temps à m'envoyer des piques et même Andrea s'y est mis, en pouffant chaque fois que j'ouvrais la bouche, pour le plus grand plaisir des trois autres mijaurées. Il se prend pour qui, le blondinet avec sa mâchoire proéminente ? Justin Bieber ? Ben, c'est raté ! Moi, il ne me fait aucun effet. 😠

J'ai peine à me retenir de prendre la poudre d'escampette par la première porte qui donne sur l'extérieur du lycée. J'en ai vraiment marre de cette école ! Je suis en colère, triste et indignée. Tout cela, c'est la faute de ma mère et de son maudit travail de fou ! C'est injuste qu'elle me fasse vivre autant d'affaires. Tout ce que je veux, moi, c'est être semblable aux autres et passer du temps avec MES amis. Elle s'organise toujours pour que je passe pour une extraterrestre au milieu de parfaits étrangers. Je lui en veux tellement ! Grrr… Puis là, après cette pause, il y aura encore des cours et ma mère ne viendra pas me chercher avant 14 h. Quelle horreur ! Je suis en train de me consumer de fureur !

— Tu viens prendre l'air, Juliette ? m'invite Alice en me faisant un clin d'œil. Je vais dans le parc. Accompagne-moi.

Avec son petit nez retroussé et ses cheveux courts, la jeune fille ressemble à un lutin ou à une petite fée. Elle est adorable.

— Avec plaisir, acquiescé-je, les dents pourtant encore serrées et la mine basse.

— On vient avec vous, font en chœur Aïcha, Elias et Emanuele, tandis que Claudia, Andrea, Constance et Filippa partent de leur côté.

En suivant Alice et les autres, je ne peux m'empêcher de jeter un regard à la fois sombre et triste en direction de mes nouveaux « ennemis » qui s'éloignent dans la direction opposée.

Aïcha, qui a suivi le mouvement de mes yeux, tente de me réconforter :

— Tu sais, il ne faut pas te faire de souci avec ceux-là. Ils ont l'habitude d'être le centre de l'attention et ils sont sans doute un peu vexés que tu sois la vedette, cette semaine.

— Je suis loin d'être une vedette, commenté je avec une moue boudeuse.

— Tu ne t'en rends peut-être pas compte, me contredit Elias, mais tu es comme une bouffée de fraîcheur dans notre école avec ton charmant petit accent et ton large sourire. Même si personne n'ose te l'avouer, tout le monde te trouve formidable d'avoir accepté le défi de passer une semaine entière ici, loin de tes amis habituels.

— Aussi intelligente que mignonne, renchérit Emanuele, en particulier aujourd'hui avec cette jolie petite robe orange assortie aux taches de rousseur de ton nez.

— Oh !

Je rougis sous les compliments, ne sachant que répondre.

— Je suis tout à fait d'accord avec Emanuele et Elias, renchérit Alice, ta spontanéité naturelle te rend irrésistible.

— Constance, Filippa et même Claudia sont envieuses. Toutes trois courent après Andrea, dont le grand-père est un écrivain archiconnu, et elles ont sans doute peur qu'il s'intéresse à toi, en rajoute Aïcha.

Eh ben, ça alors ! Je n'en reviens pas. Soudain, je ne me sens plus du tout ni découragée ni seule, mais rassérénée et appuyée.

11 H 25

Aïcha et Alice ont apporté des fruits, de la limonade et des croissants au chocolat que nous partageons à cinq. Il fait beau, la température douce m'enchante et je me surprends à rire aux éclats en écoutant les blagues d'Elias et Emanuele, qui aiment bien taquiner Alice et Aïcha. L'espace d'une demi-heure, j'oublie tous mes soucis. On pourrait presque croire que je suis avec Gino et Gina et que nous flânons sur les plaines d'Abraham[L]. La tête sur les genoux d'Elias, Aïcha laisse échapper dans un soupir :

— *Que dolce vita...*

— Qu'est-ce que ça signifie ? m'informé-je.

— En gros, ça évoque la "douceur de vivre", m'explique Elias en souriant.

Hum... ouais. Ma mère va définitivement me devoir toute une semaine de *dolce vita* et de *dolce far niente*, quelque part, dans les mois qui viennent. Elle ne perd rien pour attendre...

Mais le temps passe trop vite et voilà malheureusement le moment de retourner en classe, soit à la dure réalité de la vie d'élève du secondaire, avec tout ce que cela implique.

— C'est quoi les cours qui suivent là, déjà ?

— Italien, ça c'est facile, puis ce sera le tour de mon cours préféré, histoire, m'apprend fièrement Emanuele.

— Ouache !

— Hein ? questionne le garçon, le visage surpris.

— Oh, c'est juste que je ne suis pas très bonne en histoire...

C'est le moins qu'on puisse dire. En fait, j'HAÏS l'histoire ! Mais est-ce bien nécessaire de me répandre sur le sujet ? Bon. J'entends d'ici Gino me reprocher d'être négative. En réalité, j'exagère sans doute un peu. Je ne suis certainement pas aussi bonne que Gino, mais j'aime bien monsieur Cayer, notre prof, et je m'en tire plutôt bien aux examens, généralement. Allez, Jules, du courage ! (Je sais, je parle toute seule. Mais ne t'inquiète pas, je ne suis pas en train de perdre la tête. J'essaie simplement de me soutenir moi-même. Ça t'arrive à toi ? ☺)

— Tu n'as pas besoin d'être bonne dans l'une ou l'autre de ces matières, commente Emanuele. Tu es ici pour faire connaissance, pas pour t'ennuyer. N'accorde pas trop d'importance à ce qui se passe autour de toi. Songe plutôt à t'amuser. Si tu apprends quelque chose, tant mieux. Si non, tant pis. C'est comme ça qu'il faut voir les choses pour rester zen.

Il a raison, Emanuele. Gino n'aurait pas dit mieux. Réconfortée, je relève le menton pour me donner fière allure et je me prépare à entrer en classe, entourée de mes nouveaux amis, sans plus me casser la tête.

14 H

Je sors de classe un peu moins glorieuse qu'en y entrant. Cette fois, j'ai définitivement perdu la face ET toute estime personnelle. Pour faire une histoire courte, j'ai malheureusement eu l'air d'une parfaite tarte aux poires autant en italien qu'en histoire.

D'abord, l'italien, moi, je ne le parle pas. Je ne l'ai jamais appris à l'école, et ni ma mère ni ma grand-mère ne le parlent, donc je ne comprends vraiment pas ce que l'on attendait de moi ici alors que nous sommes ne sommes arrivées que vendredi ! Et puis, m'obliger à assister à un cours à l'heure du lunch, alors que je meurs de faim, ça ne me semble pas très judicieux. En fait, lorsque la prof m'a demandé ce que je connaissais d'italien, j'ai répondu que je connaissais les *spaghetti*, les *macaroni*, les *tortellini*, les *fusilli*, les *rotini*, les *cannelloni*, les *manicotti*, les *capellini*, les *vermicelli*, les *ravioli*, les *linguine* et les *fettucine*, et que j'avais aussi goûté le *salami* et le *pepperoni*. La classe entière a explosé d'un tel éclat de rire que j'ai cru un moment qu'il s'agissait d'un tremblement de terre ! Je ne savais plus où me mettre. Je te jure ! J'ai songé à plonger sous mon pupitre pour me mettre à l'abri, mais rien n'aurait pu me sauver du ridicule... Misère ! ☹

Ensuite, il a fallu me rendre en classe d'histoire. Loin de ressembler à monsieur Cayer, le prof avait plutôt l'allure d'un Einstein qui aurait pris une décharge électrique. Un vieux monsieur qui parlait comme une encyclopédie du siècle dernier, avec une chevelure hirsute pleine d'électricité statique. Enfin, l'histoire, telle qu'on l'enseigne ici, n'a rien à voir non plus avec ce que j'ai appris chez moi. Ici, pas d'Amérindiens ou de bataille opposant le comte de Frontenac à sir William Phips... Entre les empereurs César, Auguste et Néron, je ne savais plus où donner de la tête. Tu les connais ces gars-là, toi ? Tout ce que j'ai pu comprendre aujourd'hui, c'est que ce que racontent les bandes dessinées d'Astérix n'est pas tout à fait exact sans être tout à fait faux non plus. Enfin, j'ai encore une fois déclenché l'hilarité générale lorsque j'ai demandé si Léonard de Vinci avait été empereur ou gladiateur.

— Tu es imbattable ! s'est exclamée Constance avec son faux sourire.

— Leonardo da Vinci était un peintre, un sculpteur, un scientifique, un ingénieur, un inventeur, un architecte et avait encore bien d'autres talents, mais il n'a jamais été empereur, d'autant plus qu'il est né au milieu du XVe siècle, mademoiselle, a expliqué le prof.

Bon, me voilà décidément promue « clown de l'année ». J'ai eu beau chercher du réconfort auprès du regard d'Aïcha, d'Elias, d'Emanuele et d'Alice, eux aussi riaient tellement qu'ils se tenaient les côtes. Je ne suis décidément pas à ma place ici. Je passe la semaine la plus toxique, horrible et catastrophique de toute ma vie. Au secours, je me noie ! Heureusement, c'est enfin l'heure de déguerpir. Les autres doivent passer des examens de fin de trimestre aujourd'hui, au retour de l'heure du lunch. Une chance que j'en sois exemptée !

14 H 10

Ma mère m'attend bel et bien à la sortie. Évidemment, elle se précipite sur moi. 😜

— Alors, ma pitchou…

— M'man ! Qu'est-ce que je t'ai demandé ce matin encore ?

— Oups ! pardon. Alors, ma Juliette, comment s'est passée ta journée ?

— Hum…

— Tu as été complimentée pour ta robe neuve.

— Oui, oui.

— Tu n'as pas l'air très enthousiaste. Personne ne te fait de misère au moins ?

Encore une fois, je ne sais trop quoi lui répondre. Dois-je lui parler de mes mésaventures ou les garder pour moi ? T'es-tu déjà retrouvée dans une situation similaire, toi ? Tu en as parlé à ta mère dès le début ? Na-oon ! Comme toi, je choisis de me taire. J'ai peut-être tort, je l'admets, mais je reste persuadée de pouvoir m'en sortir toute seule. Ce soir, je parlerai à Gino. Lui, il saura quoi me dire !

— Non, non, m'man. Tout se passe très bien.

— On va voir la chapelle Sixtine alors ?

— On commence par une pizza ?

— J'en ai autant envie que toi, accepte ma mère.

15 H 30

Hier, en arrivant aux abords de ce que maman appelle le Vatican, j'ai remarqué que le site était entouré d'une gigantesque muraille en pierre, encore plus haute que les murs du Vieux-Québec. Une fois nos parts de pizza avalées, nous revoici devant le portail.

— M'man, elle sert à quoi cette muraille ?

— À délimiter les contours de l'État du Vatican, poussinette.

— Mais pourquoi un mur si haut ?

— Pour protéger ce qu'il y a à l'intérieur. Laisse-moi t'expliquer. Le Vatican est le plus petit pays du monde et il est littéralement enclavé dans la ville de Rome.

— Pas possible !

— Et pourtant, c'est tout à fait vrai. Il compte moins de 1 000 habitants et sa superficie couvre moins d'un kilomètre carré, mais, ce qui importe, c'est qu'il abrite le pape, c'est-à-dire le chef de l'Église catholique.

— Oh ! Il vit ici le pape François ?

— Absolument.

— On va le voir ?

— Je ne crois pas, non. Pas aujourd'hui en tout cas.

Elle sourit. Ai-je encore dit quelque chose de drôle, moi ?

15 H 45

À l'intérieur de l'enceinte, la sécurité est assurée par la garde suisse pontificale. Là, c'est à mon tour de t'expliquer. Il s'agit de militaires originaires de la Suisse, tu sais, le petit pays coincé entre la France, l'Allemagne, l'Autriche et l'Italie. Eh bien, l'uniforme de ces hommes est vraiment très bizarre, pour ne pas dire… loufoque. Maman prétend que c'est parce qu'il a été dessiné il y a très très longtemps, mais… Enfin, ils portent une tunique à manches bouffantes et à rayures verticales bleues, rouges et or, une culotte pareillement bouffante qui s'arrête aux genoux, des bas longs rayés bleu et jaune, des mocassins noirs qui rappellent un peu des ballerines et un béret noir. Je dois me faire violence pour réprimer un gigantesque fou rire ! Ah, ah, ah ! ☺

15 H 40

Cette fois-ci, les hommes chargés de fouiller les sacs des touristes désireux de visiter les Musées du Vatican nous laissent entrer. (Quoique nous ayons le ventre plein de pizza, nous avons les mains vides.) Les billets coupe-file de maman nous font gagner un temps fou à l'entrée, mais il y a beaucoup, beaucoup de monde à l'intérieur ! Ouf !

— Cinq millions de touristes se présentent ici, chaque année, m'expose maman, ravie. Cela fait entre 10 000 et 20 000 personnes par jour. Je réalise un rêve aujourd'hui. Toute ma vie, j'ai eu envie de venir ici.

— Tu rêvais de te retrouver entassée avec 10 000 autres personnes dans un endroit clos ?

— Bien sûr que non, réplique ma mère, un peu offusquée par ma boutade. Cesse tes bêtises ! Je rêvais de voir de près le travail de Michel-Ange !

Ben, elle devra attendre encore un peu, je crois. C'est qu'il nous faut être patientes parce que la visite se déroule à la queue leu leu tellement il y a de monde à l'intérieur de ce bâtiment.

Ce qu'on appelle les Musées du Vatican regroupe cinq galeries, plus de 1 000 salles, grandes, petites ou minuscules, et 60 000 chefs-d'œuvre, paraît-il. Heureusement, il n'est pas question de tout découvrir en un jour. Je me sens étouffée par la foule et je n'aime pas trop cela, je dois le reconnaître. On se croirait dans le métro à l'heure de pointe, mais il n'y a pas la moindre banquette, où que ce soit ! Les couloirs sont étroits et il nous faut monter, descendre, entrer et sortir… Tout cela pour voir des statues d'hommes nus ou de vierges tout habillées portant des petits Jésus. Je trouve le cadre très beau, je dois l'avouer, mais l'ensemble est un peu répétitif. Il faut aimer les moulures, les dorures, le marbre et… l'atmosphère des églises.

— Attends seulement que nous arrivions enfin à la chapelle Sixtine, Juliettounette, tu n'en reviendras pas !

— Hum !

(Ben hâte de visiter ça…)

16 H 30

Bien des marches et autant de petites salles plus tard, nous y voilà ! Nous sommes entrées dans la fameuse chapelle Sixtine dont tout le monde parle. Le clou de la visite des Musées du Vatican ! Ma mère est si émue qu'elle en a les yeux humides.

— Je ne peux pas croire que je le vois enfin, soupire-t-elle.

— La chapelle ?

— Non, le plafond. Regarde ! C'est le chef-d'œuvre de Michel-Ange. Il lui a fallu quatre ans pour peindre cette gigantesque fresque. Elle représente des scènes de la Genèse, tu sais, la création du ciel et de la terre par Dieu lui-même.

Je lève les yeux en direction du ciel et je m'aperçois que le plafond est couvert de personnages. Wow ! L'ensemble est véritablement impressionnant. Je me demande comment il s'y est pris pour peindre cet immense espace à lui tout seul, Michel-Ange. (Des gouttes de peinture devaient lui tomber continuellement dans la figure ! Cela devait être pénible. En tout cas, il a dû se donner un sévère mal de cou… Quand maman a repeint le plafond de ma chambre, elle s'est plainte de courbatures pendant des jours !)

Me voyant bouche bée, ma mère me fait une visite guidée :

— Là, il y a la séparation de la lumière et des ténèbres, après, la création du soleil et de la lune, et la séparation des eaux et de la terre. Ensuite, tu vois, là ? Il s'agit de la création d'Adam et Ève. Et là-bas, il y a un arbre et un serpent. C'est la représentation de ce que l'on appelle le "péché originel", puis l'expulsion du paradis.

Adam et Ève sont nus. Dieu porte une tunique, par contre, et il est représenté avec une abondante chevelure et une longue barbe blanche. Il est entouré d'anges. Hum, c'est à la fois intéressant et tout à fait farfelu, il me semble ! Je ne sais trop que penser. Je trouve l'ensemble très beau, mais il faut reconnaître que, compte tenu de la hauteur de plafond, on ne distingue pas grand-chose…

17 H

Je réprime un bâillement. Il y a vraiment beaucoup de monde dans cette petite chapelle. J'ai chaud et la chaleur m'endort. Je me suis levée à l'aube encore une fois ce matin. Je ne veux pas me montrer désagréable, mais la journée a été longue et éprouvante. Je rentrerais bien à la maison, maintenant.

— On fait quoi après, m'man ?

— Je ne sais pas encore. Regarde ici, c'est l'histoire de Noé qui…

— *Silenzio*[7] ! s'écrie soudain un gardien, en jetant un regard courroucé en direction de ma mère.

— Quoi ? répond-elle.

À voir sa tête, je comprends qu'elle n'en revient pas d'être ainsi réprimandée. Le garde n'a vraiment pas l'air de plaisanter.

— *Silenzio*, répète-t-il sur un ton n'admettant aucune réplique pendant que la foule nous pousse vers l'avant.

— Bon, ben, pitchounette, je crois qu'il est effectivement l'heure de rentrer, chuchote-t-elle discrètement à mon oreille.

(Yééé ! ☺)

— Tu aimerais peut-être aller manger une glace dans le parc du Colle Oppio avant ? suggère encore ma mère, en sortant de la chapelle.

— Ouiii !

Manger le dessert avant le dîner, moi, j'adore !

17 H 30

J'aime notre petit rituel quotidien qui consiste à débuter ou terminer nos journées en traversant

7. « Silence ! »

ce parc, si près de notre appartement. J'adore réellement cet endroit. C'est comme si la vue du Colisée m'apaisait. Assise sur un banc, je déguste une glace à la pistache et au miel en profitant du paysage. Maman m'apprend que la ville de Rome a été bâtie sur sept collines. « Notre » parc a été aménagé sur l'une d'elles, qui porte le nom d'Esquilin.

— Les six autres collines ont aussi un nom ?

— Oui. Je l'ai appris dans un cours d'histoire antique à l'université. Attends ! (Elle fronce les sourcils comme pour fouiller loin dans sa mémoire, puis un sourire illumine son visage.) Il y a l'Aventin, le Caelius, le Capitole, le Palatin, juste à côté du Colisée, le Quirinal et... le Viminal. Voilà !

Chère maman ! Elle m'épatera toujours !

Il n'y a pas que des bancs, des arbres et des fontaines dans ce parc. Il y a aussi... des ruines. En fait, il y a des ruines partout dans le centre de Rome, mais celles-ci m'intriguent particulièrement puisque je les vois tous les jours.

— Et ces ruines, m'man, tu sais ce que c'était ?

— Ah ! je suis contente que tu me le demandes, pucette, parce qu'il s'agit des ruines de la Domus aurea, en français la Maison dorée.

— Elle était en or ?

— Pas exactement, mais presque. C'était l'immense palais impérial que se fit construire l'empereur Néron à la fin de son règne, vers la fin du Ier siècle après Jésus-Christ. On raconte que les murs intérieurs étaient presque entièrement couverts de dorures et rehaussés de pierres précieuses et de nacre.

— Ça alors !

— Il faut dire que Néron a été un empereur un peu, mettons... spécial.

— Comment ça ?

— La vérité, c'est qu'il était une sorte de fou bourré de talents, mais surtout mégalomane, assoiffé de pouvoir, cruel et dangereux. L'histoire veut qu'il ait assassiné sa propre mère et réservé un sort similaire à la plupart de ses proches ayant eu le malheur de contrarier ses ambitions. Il a aussi persécuté les premiers chrétiens en les envoyant se faire déchiqueter dans l'arène par des lions. On lui a même attribué la responsabilité du grand incendie de Rome, en 64 ap. J.-C., qui a duré pendant plusieurs jours et détruit une grande partie de la ville. Une légende dit qu'il aurait regardé brûler la ville sans broncher et en jouant de la harpe. Le plus triste, c'est que cet immense brasier a fait des milliers de victimes.

— Décidément, ils sont charmants, les Romains riches et puissants !

Elle rit. J'aime tant quand elle rit. Elle a alors le don de désamorcer les pires situations.

— Ne va surtout pas généraliser. Tous les Romains ne ressemblent pas à Néron, bien au contraire. La plupart ne sont pas riches et encore moins cruels. Pense à ces gens si aimables que nous rencontrons tous les jours dans le parc, ou à ce gentil monsieur qui nous a indiqué le chemin vers la fontaine de Trevi.

— Hum…

(Par contre, au lycée, j'ai eu la malchance de rencontrer des gens qui sont un peu moins « aimables ». Mais ça, je ne le dirai pas à maman. 😛)

18 H

Pendant que ma mère prépare le dîner, j'allume ma tablette et je tente de joindre Gino sur Facetime.

Gino : Jules ! Enfin ! J'avais hâte d'avoir de tes nouvelles !

Son sourire envahit l'écran.

Moi : Gino ! Je suis si contente que tu sois à la maison. Tu fais quoi ?
Gino : Je jouais sur ma console de jeux vidéo, mais je préfère te parler. Et ta journée ? Tu es allée au lycée aujourd'hui ? Hier ?
Moi : Ouais…
Gino : Raconte ! Comment ça s'est passé ? C'était sympa, finalement ?

Je prends mon temps pour répondre. Je n'ai pas envie que Gino me reproche encore de ne voir que le mauvais côté des choses.

Moi : Ben… moyen, en fait.
Gino : Comment ça, "moyen" ?
Moi : Eh ben… certaines choses se sont bien passées et d'autres… un peu moins.
Gino : Ah ! Ça, c'est normal. Raconte ! Je veux tout savoir ! À quoi ressemble donc cette école ?
Moi : Elle est immense, mais très jolie. Le bâtiment date de plusieurs siècles, je crois, parce que l'intérieur fait un peu penser à Poudlard, l'école des sorciers que fréquente Harry Potter. Tu te rappelles les escaliers et l'immense cafétéria ?
Gino : Trop cool ! J'aimerais tellement être à ta place ! Tu t'es fait de nouveaux amis ?
Moi : Ben, ouais. Deux garçons et deux filles. Les garçons s'appellent Emanuele et Elias, et les filles, Aïcha et Alice.
Gino : Super ! Mais, tu ne vas pas te mettre à sortir avec un des garçons, hein ?

Il sourit toujours. Je me demande s'il est sérieux ou s'il me teste. Bah ! Il n'est sûrement pas sérieux !

Moi : T'es malade ! Jamais de la vie. C'est juste des amis. Ils sont *chill*[L].

Gino : Tout se passe bien, alors. Je te l'avais dit.
Moi : Ben, pas exactement.
Gino : Comment ça ?
Moi : Il y a d'autres filles : Claudia, Constance et Filippa. Elles ne sont vraiment pas aimables. Elles sont plutôt sur mon dos, en fait.
Gino : Comment ça ?
Moi : Elles me font constamment des remarques.
Gino : Quel genre de remarques ?
Moi : Ben, pour se moquer. Elles se moquent de mon accent, de mes vêtements, de mes réponses aux questions des profs…

Il éclate de rire et je rougis comme si j'avais été prise en faute. J'ai l'impression qu'il ne veut pas entendre ce que j'ai à dire, qu'il ne comprend pas ce que j'essaie de lui expliquer.

Gino : Tu es certaine qu'elles ne rient pas AVEC toi ? Tu sais, Jules, un peu d'autodérision n'a jamais tué personne. Tu es trop susceptible.
Moi : Tu penses que j'exagère ?
Gino : Ben, sûrement un peu, non ?

La moutarde me monte légèrement au nez et les larmes me piquent les yeux !

Moi : Maman m'appelle pour dîner. Je dois y aller.
Gino : On se reparle demain ?
Moi : Oui, c'est ça, mais là, je dois y aller.
Gino : D'accord, profite bien de tes vacances, ma Jules à moi. Je t'embrasse.

Je me précipite pour fermer Facetime avant qu'il ne voie ma figure dépitée. Parfois, les garçons ne comprennent vraiment rien ! Je vais devoir me débrouiller toute seule, je crois. Il m'a appelée « ma Jules à moi »… Ça me réconforte un peu, mais je me retrouve quand même complètement isolée avec mes problèmes. J'essaie de joindre Gina, mais elle ne répond pas. ☹

23 H 50

C'est un cri qui m'a réveillée. Avec surprise, je constate que mon oreiller est tout trempé et que mes joues sont mouillées de larmes. Ma mère est penchée sur moi.

— Que t'arrive-t-il, pitchounette ?

— Rien, pourquoi ?

— Tu as crié dans ton sommeil. Tu as mal quelque part ?

— Non. J'ai sans doute fait un mauvais rêve...

— Tu t'en rappelles ?

Je fronce les sourcils, essayant de me souvenir.

— Euh... Je crois que j'ai rêvé que j'étais dans l'arène, au Colisée. Tu sais, avec les chrétiens ? On allait être donnés à manger aux lions et je me demandais comment faire pour m'échapper, et puis, il y a eu un incendie et la chaleur était insupportable ! J'avais tellement peur !

— Mais c'est atroce, ça, pauvre choupinette ! Je n'aurais jamais dû te raconter cette histoire avec Néron. Viens là.

Elle me prend dans ses bras et me berce doucement.

— Là, là, c'est fini. Tu veux dormir avec moi cette nuit, Juliettounette ?

— Je veux bien, oui.

Mercredi 8 mars

8 H

Ce matin, j'examine le visage des autres usagers du métro. Eux, comme moi, ne semblent pas ravis d'aller là où ils doivent se rendre, de si bonne heure. J'ai le moral à zéro. La vie d'ado comporte ses hauts et ses bas, mais la vie d'adulte ne paraît pas vraiment mieux. (Soupir !) En plus, il pleut, alors je ne porte aucun de mes super nouveaux vêtements. J'ai opté pour la prudence avec un imperméable bleu marine, un coton ouaté mauve et un vieux jeans tout décoloré et savamment déchiré, c'est-à-dire juste là où il faut. Le plus *chill* de ma garde-robe ! J'espère que c'est à la mode ici aussi. Et si tout le monde se mettait à rire de ma tenue ? *OMG !* Voilà que je recommence à angoisser. La sueur dégouline sous mes aisselles et mes mains tremblent. J'ai lu quelque part sur Internet que la majorité des jeunes d'aujourd'hui souffrent de stress au quotidien, et que l'école est la source majeure de ce stress. Merci, maman, pour cette super semaine de relâche!

—M'man-aaan?

—Quoi, pomponnette?

—Tu aimais l'école, toi, quand tu avais mon âge?

—J'adorais ça.

—Hum... Me semblait aussi.

—Ça se passe toujours bien de ton côté? Je veux dire, au lycée?

—Euh... Oui, oui, c'est correct.

J'essaie de sourire, mais j'ai l'impression que mon visage ne peut plus que grimacer. 😛

11 H

Comme le temps n'est pas très clément, Emanuele, Elias, Aïcha, Alice et moi passons la longue pause de la matinée à la *caffetteria* à boire du chocolat chaud et à manger des biscuits. L'endroit est magnifique, avec ses longues tables de bois foncé et ses lustres de cristal au plafond. Je me serais attardée à le contempler si la matinée n'avait pas été si rude... Je ne suis vraiment pas de bonne humeur, d'autant plus que j'ai mal au ventre. J'ai bien tenté de faire profil bas ce matin, mais (j'aurais dû m'y attendre) mon jeans, lui, n'est malheureusement pas passé inaperçu.

—Eh ben, tu n'avais rien à te mettre ce matin, petite Juliette ? m'a lancé Claudia, en m'apercevant dès l'entrée. Tu ne t'es peut-être pas rendu compte que ton jeans est fichu.

Grrr… J'ai préféré ne rien répondre et j'ai serré les dents pour m'assurer de ne laisser échapper aucun juron.

En cours de français, c'est Andrea qui s'y est mis, cette fois :

—Mais, Juliette, qu'est-il arrivé à ton pantalon ? Tu le portes depuis trop longtemps, à mon avis. Ta mère ne peut pas t'en acheter un nouveau ? Ça me semble urgent, là.

Il a complété sa phrase en pouffant, tellement fier de sa blague qu'il a éprouvé le besoin d'en rire lui-même. Quel niais ! Re-grrr… Il n'y a donc que des snobs sans goût dans cette école ? N'ont-ils jamais suivi la moindre télésérie américaine ? Je m'habille comme tout le monde à Québec, pourtant. En revanche, à mon école, personne ne songerait à venir en classe habillé d'un polo Lacoste ou portant un sac Louis Vuitton en bandoulière. Ils me font c…, ces enfants de riches, à la fin !

La chaleur du chocolat chaud et la présence de mes alliés me réconfortent un peu, mais je voudrais quand même être ailleurs. Oh ! J'aimerais être une sorcière dans le genre d'Hermione, tiens, et transformer mes ennemies en souris. Je ne vois pas en quoi cette semaine est enrichissante pour moi. J'en veux à ma mère et à Gino, qui ne saisissent pas ma détresse, et j'en veux même à mes nouveaux amis, qui ne peuvent pas comprendre ce que je vis. Je me sens seule et fatiguée. Le décalage horaire et l'anxiété altèrent la qualité de mon sommeil depuis plusieurs jours, et je n'arrive pas du tout à positiver, aujourd'hui. Je me sens moche, moche, moche.

— Tout le monde porte donc des vêtements déchirés chez toi, au Canada ? me questionne naïvement Elias, semblant intéressé.

Ah non ! Pas lui aussi ! ☹

Avant même que je ne trouve quelque chose de sensé à répondre, Alice en rajoute :

— Avoue que c'est quand même un peu bizarre, cette mode.

— Oh, assez à la fin ! laissé-je échapper.

Le ton de ma voix fait sursauter mes compagnons. Je suis aussi surprise qu'eux de ma repartie. Moi, d'ordinaire si timide et effacée, je ne me reconnais pas. Mal à l'aise, je me lève d'un bond et conclus :

— Je n'ai plus faim. Je vous retrouve en classe. Ne vous dérangez pas, je connais le chemin.

Je me dirige à la hâte vers la sortie, pressée de me retrouver seule.

— Jules, attends, ne pars pas comme ça ! s'écrie Emanuele en se levant pour me suivre.

Tout en continuant mon chemin tête baissée, j'entends la fin de la conversation :

— Laisse-la, le retient Aïcha. Elle a peut-être besoin qu'on la laisse tranquille un moment.

— Tu crois ? questionne Emanuele en se rasseyant, chagriné.

— Aïcha a raison, déclare Alice. Ça ira mieux tout à l'heure, j'en suis convaincue.

11 H 35

Je suis allée pleurer sous la porte cochère à l'entrée de l'immeuble. Pendant de longues minutes, j'ai laissé couler des larmes de rage, d'impuissance et de découragement, puis en me souvenant de tous mes voyages et des épreuves que j'ai traversées avec brio, je me suis sentie mieux et prête à retourner en classe avec les autres. Je monte pourtant les marches au ralenti. Rien ne sert de me dépêcher…

J'aurais aimé passer aux toilettes, mais je n'ai plus le temps maintenant. Je me sens un peu humide, comme si j'avais laissé échapper quelques gouttes d'urine. Maman pense que je me retiens trop et que je risque de contracter des infections urinaires, mais elle s'inquiète tout le temps pour rien. N'empêche que je ne me sens pas très fraîche… Bah ! Il ne reste que deux cours avant la fin de cette mauvaise journée, presque rien, en fait. Ce sera bien vite terminé. Le courage me revient. Espérons que mes nouveaux amis me pardonneront ma mauvaise humeur de tout à l'heure.

11 H 37

C'est peut-être juste une impression, mais il me semble qu'on m'observe alors que j'arpente le couloir qui mène à la classe de mademoiselle Morival, en traînant toujours les pieds. Deux ou trois filles se retournent pour me regarder après m'avoir dépassée, l'air étonné. Je ne sais pas si c'est de la paranoïa ou mon imagination, mais j'ai l'impression que l'on chuchote autour de moi. Deux filles étouffent même un fou rire en mettant la main devant leur bouche. Quelles crétines ! Elles n'ont jamais vu de jeans de chez American

Eagle de toute leur vie, très certainement ! Et voilà Filippa accompagnée de Constance qui arrivent.

— Euh ! Je crois qu'il vaudrait mieux que tu ailles te changer, mon amie, me chuchote Filippa, l'air consterné.

Comment ose-t-elle ? Je n'en ai rien à faire de son opinion sur mes vêtements ! Je prends le parti de l'ignorer, de faire comme si elle et cette bécasse de Constance n'existaient même pas. Non mais, ça va faire, l'intimidation ! Je relève la tête et j'entre en classe en tentant de me composer un visage digne. Mieux, je profite de ce qu'un garçon s'est absenté aujourd'hui pour me diriger vers sa place, tout au fond de la classe, ignorant délibérément celle qui m'a été préalablement assignée. On va voir si…

— Pssst, Jules, viens là ! Il faut que je te parle, m'appelle Emanuele, avec une mine bizarre, en montrant la place à côté de lui.

Je fais non de la tête et lui tourne le dos pour m'installer à la place que J'AI choisie.

— Juliette ! Il faut que je te parle, insiste à son tour Aïcha. Reviens par ici.

— Mademoiselle Bérubé ? m'interpelle tout à coup mademoiselle Morival.

(Mais qu'est-ce qu'ils me veulent tous ?)

— Pourriez-vous me suivre à l'extérieur de la salle, s'il vous plaît ?

— Hein, quoi ? Pourquoi ?

Toute la classe éclate de rire, me semble-t-il, à l'exception d'Emanuele, Elias, Aïcha et Alice qui me jettent des regards peinés. Décidément, on dirait qu'il se passe quelque chose ! Mais quoi ? Je me dirige vers la sortie pour rejoindre la prof lorsque j'entends :

— Non mais, avez-vous déjà vu pareille taaache ?

L'élégante Claudia pointe son index vers mon entrejambe. Instinctivement, mes yeux suivent la direction indiquée par le doigt de la jeune fille. *OMG !*

— Ahh non ! C'est pas vrai !

Je pousse un cri d'effroi, puis mon cerveau s'affole, incapable de supporter cette nouvelle brèche dans mon estime personnelle. Sans plus réfléchir, je cours vers la sortie. Tout ce que je veux, c'est déguerpir ! Quitter cet endroit !

— Mademoiselle Bérubé, attendez ! Laissez-moi vous aider ! s'écrie en vain mademoiselle Morival pendant que je prends mes jambes à mon cou.

Je ne veux surtout pas voir son visage apitoyé. Je ne veux plus voir personne ! Je suis morte de honte ou, plutôt, je vais probablement mourir d'humiliation dans les prochaines secondes. Les yeux mi-clos, je fonce vers les toilettes les plus proches et je m'y enferme à double tour pour y fondre en larmes. Mon Dieu, faites qu'un tremblement de terre détruise cette école, qu'un incendie la ravage et que tout ce beau monde disparaisse, et moi avec !

11 H 45

Je ne sortirai plus jamais de cette pièce ! Le miroir me confirme qu'une énorme tache rouge orne mon jeans délavé. Moi qui avais hâte d'avoir mes premières règles, qui attendais ce moment comme s'il s'agissait d'une date super importante, qui imaginais que j'allais vouloir la marquer d'une croix dans mon agenda ! Hé ben, c'est un super gâchis ! Je suis anéantie. Je me trouve ridicule, méprisable, confuse, voire dégoûtante. Je suis plus malheureuse qu'une pierre. Jamais auparavant je ne me suis sentie si mortifiée. Que fais-je dans cette école, loin de ma bande d'amis habituels ? J'ai beau implorer le ciel de précipiter la fin du monde, aucun miracle ne se produit. Je suis aussi nulle en matière de prière qu'en maths, en histoire et en géo. ☹

12 H 50

L'heure de français est terminée et plusieurs élèves passent aux toilettes avant de se rendre à leur dernier cours de la matinée. Enfermée derrière l'une des portes, je ne bouge pas d'un poil. Je demeure silencieuse et immobile, prête à passer la nuit ici s'il le faut. En tout cas... personne ne me convaincra de sortir avant le retour de ma mère, à 14 h ! Voilà.

Désireuse de vérifier l'ampleur des dégâts, j'ai baissé mon pantalon, tout à l'heure. Une belle tache de sang de la forme d'une feuille d'érable a bel et bien transpercé non seulement ma culotte, mais aussi le tissu usé de mon jeans, du bas de la fermeture éclair jusqu'à la naissance des fesses. Pas étonnant que les autres aient autant ri... Tant bien que mal, j'ai essayé de colmater la fuite avec du papier, mais il n'y a, semble-t-il, rien à faire pour atténuer l'horrible salissure qui tourne au brun. Je rougis encore rien que d'y penser. Je n'oserai jamais revenir dans cette école où je me suis ridiculisée, jamais plus je ne sortirai de chez moi sans une provision de serviettes dans mon sac, et JAMAIS je ne pardonnerai à ceux qui se sont moqués de moi aujourd'hui.

Je me crois de nouveau seule, parce que le silence est revenu pour de bon dans les toilettes, quand tout à coup, j'entends une voix que je reconnais. C'est celle, mutine, d'Alice :

— Jules, je peux te parler ? Je sais que tu es là.

Comme je fais justement semblant de ne pas y être, je ne dis pas un mot, mais j'ai tant pleuré que j'ai le nez qui pique.

— A-a-a-at-choum !

Ma camarade insiste :

— Allez, montre-toi. Ne joue pas à ce jeu avec moi.

— …

Non, mais je nage en pleine fiction ! La voilà qui plie les genoux et penche la tête pour vérifier sous toutes les portes. Je me dépêche de grimper sur la cuvette, espérant échapper à son regard intrusif.

— Écoute, je comprends que ce soit terrible pour toi, ce qui vient de se passer, mais je t'assure que tu n'as pas à avoir honte ou à te cacher. Aïcha est avec moi. Mademoiselle Morival nous a donné ce dont tu as besoin. Allez, sois gentille et ouvre cette porte.

— Oui, ouvre s'il te plaît, insiste à son tour la douce Aïcha. On est seules toutes les trois ici. Tu n'as absolument rien à craindre.

La voix mélodieuse d'Aïcha a le don de m'émouvoir. Je me laisse donc convaincre et j'entrouvre la porte afin de sortir ma main droite pour permettre aux filles d'y poser une serviette hygiénique. Je referme aussitôt la porte, ne me sentant pas prête à jaser comme si de rien n'était.

— Merci, dis-je, laconique.

Je passe la minute suivante à examiner l'objet qui me sera indispensable quelques jours par mois pendant près de quarante ans… La serviette en question est si grosse, si large et si épaisse qu'elle dépasse de chaque côté de ma culotte, et que j'ai vaguement l'impression d'avoir régressé à l'époque où je portais des… couches. Hum ! Il faudra que je convainque ma mère de passer à la pharmacie pour acheter quelque chose de plus approprié.

— Jules, je crois qu'il ne faut pas accorder une importance démesurée à ce qui s'est passé en classe tout à l'heure, poursuit Alice de l'autre côté de la porte. Elias, Emanuele, Aïcha et moi t'aimons beaucoup, et nous n'avons pas l'intention de te laisser rentrer au Canada sans avoir eu la chance de passer plus de temps avec toi.

— Je n'oserai jamais plus retourner en classe. Les élèves de cette école sont horribles, grogné-je.

— Ne dramatise pas, me conseille Alice. Avoue qu'il y a pire que de se promener avec une tache sur son pantalon. Et puis, laisse-nous encore une chance. Nous adorons ta compagnie, je ne blague pas.

—C'est vrai, souligne Aïcha, le meilleur est à venir, je te le promets. Vendredi, après les cours, une fête est organisée au lycée pour célébrer la fin du trimestre. Il y aura d'abord un pique-nique, à midi, puis on pourra danser pendant la soirée. On va bien s'amuser ! Il faut que tu y participes !

—On va s'éclater comme des folles, toutes les trois. Les garçons seront là et nous feront danser ! me fait miroiter Alice.

—Allez, ouvre cette porte, supplie Aïcha.

—...

Je réfléchis. Ce n'est pas l'envie de sortir des toilettes qui me manque, mais... j'ai tellement passé de mauvais quarts d'heure dans cette école que j'ai perdu la foi !

—Fais un effort, s'il te plaît, me prie Aïcha.

Vaincue par l'insistance de mon amie, j'entrouvre la porte. J'ai le nez qui coule et je ne suis probablement pas belle à voir, mais je ne peux pas refuser l'appel de l'amitié quand il frappe à ma porte.

—Vous êtes sérieuses, les filles ? Vous ne me trouvez pas ridicule ?

—Jamais de la vie, répondent en chœur mes deux copines en m'attirant vers elles et en m'enlaçant.

— Oh ! Jules, tu es la fille la plus craquante et la plus naturelle qui soit au monde. Il est impossible de ne pas te trouver sympathique ! s'enthousiasme Alice.

— OK, OK, alors je vais y penser, pour vendredi. En attendant, il n'est pas question que je retourne en classe aujourd'hui.

— Tu ne vas pas passer la dernière période enfermée là-dedans quand même ! me gronde gentiment Aïcha.

— Ben, oui. Pourquoi pas ?

— Il n'en est pas question, rétorque-t-elle. Viens, on va t'accompagner au moins jusqu'à ton casier. Tu n'avais pas un imperméable, ce matin ?

Je me tape le front avec la paume de la main.

— Mon imperméable, je l'avais oublié ! Il descend jusqu'à mi-cuisse. Quelle chance qu'il ait plu ce matin !

— Avec ton imper sur le dos, personne ne soupçonnera rien et tu pourras sortir sans honte. Il y a un banc sous la porte cochère. Tu y attendras tranquillement ta mère et nous, on te revoit demain matin, conclut Alice.

(Ben ça, c'est une autre histoire !)

13 H

Me voici donc à nouveau assise sur ce banc, comme une pauvre cloche en train d'attendre sa maman. Quelle matinée ! La pire que j'aie jamais vécue… Je sens que je vais tomber malade ou faire une dépression si rien ne s'arrange ! Vais-je trouver une solution à mes problèmes en apparence insolubles ? Il le faudra bien. ☹

Les filles ont tenu leur promesse et m'ont si bien escortée jusqu'à mon casier que personne n'a remarqué quoi que ce soit. Depuis la porte des toilettes jusqu'ici, Aïcha s'est placée devant moi tandis qu'Alice s'est littéralement plaquée contre mon dos. Toutes les trois, nous avons imité un petit train, comme des enfants de maternelle ! Je suis même arrivée à en sourire ! De toute façon, je n'en suis pas à ma première difficulté, cette semaine. Au point où j'en suis, mon amour-propre est si amoché qu'il en est dorénavant réduit à la taille d'un petit pois… Alors, quant à savoir si j'ai l'intention de revenir ici demain ou si j'ai envie de passer la soirée de vendredi avec la gang[L], je ne suis pas prête à répondre par l'affirmative.

14 H

Voilà ma mère ! Sans pouvoir me retenir, je me lève et me précipite dans sa direction.

— MAMAAAN !

17 H

Ma mère a été aussi formidable que peuvent l'être toutes les mères du monde, lorsque cela s'avère nécessaire. Voyant l'état dans lequel je me trouvais, elle a tout de même attendu que nous nous soyons un peu éloignées de l'école avant de me prendre dans ses bras pour me réconforter. Je me suis laissé cajoler un moment, le temps de me sentir enfin en sécurité. Puis, je me suis libérée de son étreinte, rassérénée.

— Mon bébé n'est plus un bébé ! s'est-elle exclamée. Tu es une femme, maintenant, ma Juliettounette. Je suis si fière de toi !

« Fière » ? Je me suis demandé pourquoi le fait que j'aie mes premières règles la rendait fière. Ceci étant, si je ne suis plus un bébé, il devrait y avoir quelques privilèges inhérents à mon nouveau statut.

— Alors tu vas peut-être enfin arrêter de m'appeler "choupinette", "pitchounette", "poussinette" et tous ces autres surnoms en “ette” que je déteste tant ? ai-je demandé, pleine d’espoir.

Elle a esquissé un petit sourire triste.

— Vraiment ? Si c’est ce que tu veux, pom-ponn… euh… ma Juliette.

— Oui, c’est ce que je veux et, tant qu’à y être, pourquoi tu ne m’appellerais-tu pas plutôt Jules, comme tout le monde ?

— Je veux bien essayer.

Cette fois-ci, elle a souri plus franchement, puis elle a suggéré que nous allions magasiner pour me trouver un nouveau jeans. Yahooou ! ☺ Là, je me suis fait plaisir ! Nous en avons même acheté deux ! Ma mère, c’est la meilleure qui soit pour moi ! Un moment, j’ai bien failli lui raconter les vexations que la bande de Constance me fait subir, mais je me suis ravisée. Je ne voudrais pas lui faire de la peine, même si c’est complètement à cause d’elle que je dois supporter tout cela. Mais plutôt mourir que de vivre la honte de la voir arriver en furie au lycée pour secouer Filippa, Claudia, Constance et Andrea comme de vulgaires pruniers. Je ne sais pas quel est exactement le pouvoir d’une ambassadrice auprès des autorités, mais je ne veux pas le savoir…

Nous sommes évidemment aussi passées à la pharmacie, pour faire provision de serviettes hygiéniques adaptées à ma taille. En arrivant à la maison, je mets de côté les paquets contenant mes nouveaux vêtements et je me précipite à la salle de bain. Puis, pendant que ma mère est occupée à la cuisine, j'ouvre mon iPad pour tenter de joindre Gina.

Gina : Jules ! Enfin ! Je commençais à m'inquiéter ! Ça se passe bien ? Oh là là ! Tu as toute une mine ! Il se passe quelque chose de pas correct, hein ?
Moi : On ne peut rien te cacher. Il faut que je te parle de toute urgence ! Tu as le temps ? Tu fais quoi aujourd'hui ?
Gina : Qu'est-ce qui se passe ? Je suis censée aller patiner avec Gino aux Galeries de la Capitale tantôt, mais c'est pas grave. J'ai le temps. Et toi ? Tu fais quoi ?
Moi : Ben, il est déjà 19 h ici, alors j'ai passé la majeure partie de la journée au lycée.
Gina : OK. L'enfer, non ?
Moi : Exactement. Mais le problème n'est pas là. En fait, c'est pire que ça en a l'air. Pire que ce que j'imaginais. Il faut que tu m'aides !
Gina : Ce sont les autres filles, hein ?
Moi : Comment as-tu deviné ?

Gina : Je m'y attendais un peu, mais je n'ai pas osé t'en parler pour ne pas t'angoisser inutilement. Qu'est-ce qu'elles t'ont fait, ces horribles chipies ? Dis-moi !

Ça me fait tellement de bien de voir Gin sur cet écran et d'entendre enfin sa voix ! Elle serre instinctivement les poings, parce qu'elle devine qu'on s'en est pris à moi, et des larmes se mettent à rouler sur mes joues sans que je puisse les retenir.

(Toi. Oui, toi. Retiens bien ceci : il n'existe pas de meilleure alliée que sa meilleure amie, pas de meilleure source de réconfort.) Gin et moi, nous sommes *best* depuis la maternelle, presque des sœurs. Elle a un caractère un peu bouillant, mais je sais surtout qu'elle se ferait passer sur le corps par un camion pour venir à mon secours. Je l'aime teeellement !

Moi (en reniflant) **:** Certaines sont cool, mais d'autres ne le sont PAS DU TOUT ! Oh ! Gin, pires vacances *ever* que ce séjour à Rome ! J'ai besoin de tes conseils. Je me sens tellement mal.
Gina : Raconte, je te dis ! Je suis là. Ne pleure pas. Tout va s'arranger. Je te le promets !

Je passe les trente minutes suivantes à tout expliquer à Gina. Le soulagement que cette conversation me procure, je ne saurais l'expliquer. Sache seulement que je me sens rapidement vraiment mieux. C'est miraculeux ! Gina arrive même à me faire rire quand elle se met à imiter un gladiateur en train de réduire ses ennemis en bouillie à l'aide d'une épée imaginaire.

Gina : Tu sais, Jules, le secret pour venir à bout des personnes qui cherchent à t'intimider, c'est de montrer qu'elles n'ont pas de prise sur toi. Il faut te DÉ-FEN-DRE quand on t'agresse, pas te mettre à pleurnicher ! Montre à ces enfants gâtés de quel bois tu te chauffes ! Tu en as parlé à Gino ? On a passé la soirée d'hier à jouer à son jeu vidéo de gladiateurs, tu sais ? *Ryse : Son of Rome*. Je te dis que le héros, Marius, ne se laisse pas faire sans réagir.
Moi : Je connais ce jeu, oui. Mais, tu sais, même s'il raffole des combats virtuels, Gino est foncièrement pacifiste. Il n'a pas compris ce que j'essayais de lui expliquer et il m'a même accusée d'"exagérer".
Gina (avec un clin d'œil) **:** Hum… Toi, exagérer ? Je me demande où il est allé chercher

ça ? Mais sa réaction ne me surprend pas. La combativité de Gino est nulle. La preuve, je l'ai battu à plate couture au jeu, hier soir.

Moi : Lol.

Gina : En attendant, tu dois changer de stratégie si tu veux survivre à cette semaine.

Moi : Oui, tu as raison.

Gina : Tu me promets que tu seras plus combative ? Il FAUT que tu réagisses !

Moi : Je te le promets.

Gina : Il y a forcément un moyen de donner une leçon à tes agresseurs. Tu vas trouver, j'en suis certaine.

Moi (hochant affirmativement la tête) : Je vais trouver, tu as raison ...

Gina : Excuse-moi, mais je dois y aller maintenant ! Tu vas t'en sortir, Jules. Parole de Gin. Ça va aller. Et puis, tu sais quoi ?

Moi : Non.

Gina : On est le 8 mars aujourd'hui, c'est la Journée internationale des droits des femmes. On n'est pas des mauviettes ! Tout va s'arranger, tu vas voir. T'es belle, t'es forte, t'es CAPABLE ! T'as pas besoin de ton Gino. Reviens-moi dès que possible avec des nouvelles. OK ?

Moi (optimiste) : D'accord !

18 H

Lorsque je ferme mon iPad, je ne suis plus la même personne. L'énergie folle de Gina m'a galvanisée. Je vais trouver le moyen de vaincre mes ennemis ! Il faut que je réagisse, m'a conseillé Gina. Ouais. Il faut juste que je me désengourdisse ! Que je m'enhardisse ! Que je m'endurcisse ! Et que je les dé-mo-lisse ! 😠

Comme Marius, dans *Ryse: Son of Rome*, je vais me VENGER. Mimant à mon tour un gladiateur en train de combattre à l'épée, je me dirige vers la cuisine où m'attendent les spaghettis que vient de préparer ma mère.

Jeudi 9 mars

8 H 23

Je me suis levée ce matin plus déterminée que jamais à affronter et anéantir toutes les personnes qui pourraient juste « essayer » de me gâcher cette journée. Envolée, la Juliette timorée ! Disparue, la « choupinette » trop facilement vaincue ! Après avoir avalé un solide petit-déjeuner (se découvrir la trempe d'une gladiatrice, ça creuse l'appétit !), je me suis presque précipitée à l'extérieur, avec maman sur les talons, pour courir au lycée.

En arrivant en vue du bâtiment, les choses se gâtent pourtant un peu :

— J'ai un rendez-vous à 14 h aujourd'hui. Je ne pourrai donc pas venir te chercher avant 16 h, choupin… euh, je veux dire, Juliette.

— QUOI ? Tu ne vas pas me faire ça, m'man ! Déjà que je n'ai pas du tout envie d'entrer là-dedans !

(Je sais, je me dégonfle. Le hic, c'est que je ne me sens ni l'âme d'une martyre ni réellement celle d'un vrai gladiateur, comprends-tu ? Et puis, j'ai un drôle de pressentiment. Tu sais, comme une boule de plomb au fond de l'estomac.)

— Je suis désolée de te décevoir, ma chérie, mais c'est comme ça. Tiens, prends ce billet de 20 euros. Il paraît que la nourriture de la cafétéria du lycée est excellente et c'est tellement joli comme endroit ! Je suis sûre que tu trouveras une copine avec qui luncher, sympathique comme tu es. Je serai de retour à 16 h, sans faute. Ça ira ?

— … 😑

— Allez, ne fais pas la mauvaise tête. Ça ne te va pas du tout de bouder. Et puis, j'ai suffisamment de boulot comme ça sans devoir en plus me faire du souci pour toi.

Je n'en reviens pas qu'elle me dise ça. Encore un peu et elle m'annonçait que je suis de trop dans sa vie ! « Sympathique comme tu es » ? Peuh ! Ben, justement, maman, ta fille est plutôt la risée de sa nouvelle école. Il fait quoi donc déjà, le Marius du jeu vidéo, quand il est frustré ? Dommage que je n'aie pas pensé à emporter une épée… (Je blague à peine ! Grrr…)

8 H 25

— Jules, te voilà enfin ! Tu es en retard ! Ouf ! On a eu peur que tu ne viennes pas !

Ça alors ! Alice, Aïcha, Emanuele et Elias font le pied de grue devant la porte principale, manifestement dans le but d'attendre mon arrivée avant d'entrer au lycée. Je souris, rassérénée. Ça me fait quand même chaud au cœur d'avoir des alliés ! J'entre donc dans l'arène, sans plus rechigner.

— Tiens, revoilà notre petite Québécoise avec un nouveau jeans ! s'exclame derrière nous une voix que je reconnaîtrais entre toutes.

Mon sang ne fait qu'un tour. Vivement, je me retourne.

— Claudia ! Toujours aussi m'as-tu-vu, hein ? riposté-je, avec un regard mauvais.

C'est l'heure de la revanche. J'attends qu'elle arrive à ma hauteur, puis sans qu'elle ne voie rien venir, je tends hypocritement la jambe pour lui faire un croche-pied. Vlan ! Elle s'étale de tout son long.

— Il ne t'est jamais venu à l'esprit que tu as l'air d'une parfaite idiote coiffée, habillée et chaussée comme un mannequin s'exhibant sur un podium, alors qu'il y a des obstacles partout dans cette école ? lui asséné-je, satisfaite de moi-même.

Et vlan ! Ma réplique est sortie aussi rapidement que si elle provenait d'une arme automatique. Prise au dépourvu, ma victime, maintenant décoiffée et couverte de poussière, cherche vainement à se remettre debout. Galant, Emanuele lui tend la main.

— Laisse-moi t'aider, Claudia.

— Oh ! toi, le saint-bernard, laisse-moi tranquille ! le repousse-t-elle avant de se remettre péniblement debout toute seule.

J'observe avec joie qu'elle a une énorme échelle à son bas et que sa jolie jupe griffée est légèrement salie. ☺ Oh ! que je suis méchaaante !

8 H 27

— Mais qu'est-ce qui t'a prise, Juliette ? demande la douce Aïcha, le regard effaré.

— Je ne sais pas trop, admets-je, aussi surprise que tout le monde de ma réaction. Je crois que j'en ai assez de toutes ces humiliations. J'ai décidé de frapper avant d'être attaquée, aujourd'hui.

— Fais quand même attention de ne pas aller trop loin, me prévient Emanuele.

— La tête de Claudia quand elle s'est retrouvée par terre ! s'amuse l'espiègle Alice. Ça valait un million, vous ne trouvez pas ?

Sans le vouloir peut-être, Emanuele et Aïcha sourient discrètement, tandis qu'Alice, Elias et moi éclatons de rire. J'ai hâte de raconter ça à Gina, moi ! ☺

8 H 30

Des chuchotements saluent l'arrivée de notre petit groupe dans la classe de géographie, où Claudia est entrée juste avant nous. Tous les yeux se tournent vers moi, en fait. J'ai l'impression que le bruit de ma petite blague s'est propagé à la vitesse de la lumière. Bof ! Faisant semblant de ne rien remarquer, je me dirige vers ma place. Qu'une autre de ces petites snobinardes essaie donc de me rabaisser aujourd'hui ! J'entends bien montrer de quel bois on se chauffe au Québec ! Mais la première période de l'avant-midi se déroule sans autre anicroche. ☹ Je suis presque déçue...

11 H

Le cours de géo terminé, Claudia et sa bande sont sorties sans me jeter le moindre regard. Il en a été de même en cours de français, juste après. Bon, voilà qu'ils m'ignorent. Tant mieux ! En imagination, je bombe le torse et gonfle les muscles de mes biceps. Je suis Jules-la-Terreur. Je suis venue, j'ai vu, j'ai vaincu[1] !

J'ai marmonné la dernière phrase entre mes dents sans m'en rendre compte.

— Tu sais, Jules, me sermonne très sérieusement Elias, à ta place, je ne crierais pas victoire trop vite. Il peut se passer encore bien des choses avant la fin de la semaine. Sous-estimer l'ennemi est sans doute la pire erreur à commettre en temps de guerre.

Surprise, j'ouvre la bouche et la referme sans répliquer, incapable de trouver une réponse valable à cet avertissement. Je hausse les épaules. On verra bien ! 😛

11 H 05

Le beau temps étant revenu, nous décidons d'acheter des croissants pour aller ensuite les manger dans le parc. À la pâtisserie, Constance et Filippa attendent devant nous. Gonflée à bloc, je ne peux m'empêcher de lancer haut et fort, de façon à être bien entendue :

---

1. Traduction d'une phrase célèbre en latin (*Veni, vidi, vici*) attribuée à l'empereur romain Jules César, en 47 av. J.-C.

— Tiens ! Voilà les deux ambassadrices du snobisme qui s'abaissent à acheter elles-mêmes leurs croissants. C'est le jour de congé de vos domestiques, ou ils en ont eu marre de vos babines de Mangemort et vous ont larguées ?

— Qu'est-ce qui te prend ? s'étonne Filippa en se tournant vers moi.

— Il me prend que vous me donnez mal au cœur et que je me demande ce qui me retient de vous donner des baffes.

— Ah, ça, ma petite, côté baffes, tu ne perds rien pour attendre, menace Constance, visiblement piquée au vif. Il faut lui apprendre à se tenir en public, lance-t-elle à mes compagnons en se dirigeant vers la sortie avec son sac de croissants à la main, entraînant Filippa à sa suite. Ce petit singe enragé devrait être enfermé dans un zoo, gronde-t-elle en me pointant du doigt.

Je reste perplexe. Je ne suis pas certaine de m'en être si bien sortie, finalement. Même si je suis arrivée à les choquer (et je m'en réjouis), je n'apprécie pas tellement d'être traitée de « petit singe ». De plus, je bluffais en disant que j'avais envie de leur donner des baffes. La vérité, c'est que je ne suis pas trop courageuse, physiquement. La seule et unique fois où je me suis battue, c'était en quatrième année lorsque j'ai lancé mon verre de lait à la figure de Kevin Tremblay parce qu'il m'avait appelée « Juliette la galette ». Trempé, il m'avait sauté dessus et, comme il était pas mal plus fort que moi, je suis rentrée à la maison avec des bleus un peu partout. Maman a fait un scandale le jour suivant en surgissant dans le bureau de la directrice pour exiger réparation... La honte ! 😲

— Méfie-toi, Jules, me prévient Aïcha, qui semble lire dans mes pensées, ce genre de jeu fait rarement de vrais gagnants.

Je prends le parti de hausser les épaules. Gina sera quand même fière de moi, puisque j'agis !

11 H 40

Je redoute le cours d'italien et de culture italienne, depuis l'épisode des « spaghettis-macaronis-tortellinis » qui a déclenché le fou rire de mes compagnons, l'autre jour... Qu'à cela ne tienne, puisqu'il le faut, j'entre dans la classe d'un pas décidé.

Sans pouvoir l'affirmer, j'ai l'impression que le prof évite volontairement de me donner la parole, aujourd'hui. Un peu vexée, je cesse de lever la main, même lorsque j'aimerais poser des questions. Je somnole un peu, et ma tête se met à dodeliner. Soudain, une phrase apparemment venue de nulle part m'éveille en sursaut.

— Dans quelle ville américaine est situé le quartier que l'on appelle Lower East Side et où se trouve le Little Italy du film *Le Parrain* ? demande le prof[2].

Je lève la main, sans hésitation. Je connais la réponse, bien sûr. J'ai même visité ce quartier ! (Évidemment, *Le Parrain* est un film pour les vieux, et je ne l'ai jamais vu, mais ça, c'est une autre histoire.) Heureuse d'avoir enfin ma chance de briller, j'agite le bras dans tous les sens avec impatience. Contre toute attente, le prof ne semble pas même me remarquer et poursuit :

— Je vous donne un indice. Il s'agit du quartier où a grandi l'acteur italo-américain Robert De Niro.

Je ne vois pas en quoi il s'agit d'un indice. Je ne connais pas Robert De Niro, mais je suis persuadée de connaître la réponse à la question. J'insiste donc, en levant un deuxième bras vers le ciel. Le prof continue de m'ignorer et donne la parole à Filippa.

— San Francisco ? tente-t-elle.

2. En italien, évidemment.

Ce n'est pas la bonne réponse, évidemment. Visiblement déçu, le prof se tourne vers Andrea.

— Québec ? fait le garçon.

Alors là, c'en est trop ! Frustrée de n'avoir pas été choisie par le prof, je ne peux m'empêcher de lancer à haute voix :

— Non, mais quel crétin ! C'est à Manhattan, New York, pauvre cloche, pas à Québec ! Tu n'es donc jamais sorti d'Europe ?

Un silence stupéfié s'abat sur la classe. Quant à Andrea, il semble si honteux que son visage a pris la teinte d'un camion de pompier. Oups ! J'ai peut-être dépassé les bornes, là. Je n'aurais sans doute pas dû insinuer qu'Andrea n'a jamais rien visité d'autre que l'Europe… Après m'avoir fusillée du regard, le prof recommence cependant à m'ignorer et lance déjà une autre question. Mais personne ne lui porte plus attention. TOUT LE MONDE me fixe, moi. Bon, bon, on ne va pas en faire tout un plat quand même ! Mardi, lorsque c'est moi qui n'ai pas donné la bonne réponse, toute la classe rigolait. Aujourd'hui, parce que c'est Andrea qui est pris en défaut, ils affichent tous une tête d'enterrement. C'est un peu exagéré, je trouve ! Des yeux, je cherche l'approbation d'Aïcha et d'Emanuele. Mais Aïcha a le nez sur son cahier et Emanuele se contente de hocher la tête d'un air contraint. Je passe le reste du cours à somnoler de nouveau. Décidément, je perds mon temps dans ce lycée.

14 H

Après les classes, mes amis et moi nous réunissons dans le couloir afin de nous rendre tous ensemble à la cafeteria. À l'entrée, il y a une file d'attente. Je ne tiens pas en place tellement j'ai faim ! La guerre, ça creuse ! Je me place gentiment dans la queue, même si j'ai envie de bousculer les élèves pour aller plus vite. Juste derrière nous, arrivent Claudia, Constance et Filippa.

— Tiens, persifle cette dernière, ta pousseuse de crayon de mère t'a abandonnée ici, ce midi ?

J'écarquille les yeux un quart de seconde. Je ne suis pas certaine de bien comprendre ce qu'elle entend par « pousseuse de crayon ». J'imagine qu'elle fait allusion au fait que maman est journaliste et qu'elle doit écrire pour gagner sa vie. Furieuse, je me retourne :

— La tienne est sans doute sur un yacht en train de se faire bronzer le nombril en compagnie de gros et riches messieurs qui ne la respectent pas, pendant que tu nous pourris la vie ici parce qu'elle ne supporte pas de t'avoir dans les pattes ?

— Oh !

À ma grande surprise, au lieu de riposter, Filippa devient blanche avant de tourner sur elle-même et de s'enfuir. Je rêve ou je l'entends sangloter ? Wow !

J'avoue que je suis moi-même sidérée de la perfidie de ma réplique. J'ai littéralement l'impression qu'une vilaine fée m'a transformée en sorcière, la nuit dernière ! Mais cette fille l'a bien cherché ! Je hausse les épaules et demande à Constance, sur un ton sarcastique :

— Qu'est-ce qu'il lui prend, elle n'aime pas qu'on lui serve sa propre cuisine ?

Elle hausse également les épaules et me confie :

— Tu as surtout touché une corde sensible, je crois. Tu peux être fière de toi. Dis donc, qu'est-il arrivé au pauvre agneau que tu étais, hier ? Tu as mangé de la vache enragée ?

Trop heureuse de mes nouveaux pouvoirs, je retrousse les lèvres pour montrer mes canines et fais mine de m'approcher du bras de mon ennemie pour le mordre en déclarant :

— Eh ben, justement pas, tu vois. C'était plutôt du lion et je crois bien que je vais te croquer à ton tour pour t'apprendre la politesse.

— Aïe ! Elle est folle, celle-là ! Il faut l'enfermer ! s'écrie Constance qui fait prudemment un pas de côté avant de quitter sa place pour aller rejoindre les derniers arrivés au bout de la file.

Elias et Alice se tordent de rire. Alice rit tellement qu'elle en attrape le hoquet. D'abord plus réservés, Emanuele et Aïcha finissent par se laisser gagner par le fou rire, eux aussi.

— Ce qu'elle peut être drôle, notre petite Québécoise ! s'exclame Alice, ravie. On dirait que tu as embrassé un crapaud en te levant ce matin, Jules !

— En tout cas, il y avait longtemps qu'on n'avait vu autant de péripéties se succéder dans ce lycée, signale Elias.

— Le hic, c'est que Jules est en train de multiplier ses ennemis, tempère Aïcha.

— Et que la vengeance ne mène qu'à la destruction, renchérit Emanuele. Il va falloir mettre un couvercle sur cette marmite d'eau bouillante ou quelqu'un va finir par être sérieusement blessé.

— Bah ! N'exagère pas, quand même ! riposte Alice. Tu n'ignores sans doute pas que c'est ce qu'ils faisaient, les Romains, à l'époque de Néron. Ils persécutaient les chrétiens parce qu'ils étaient... différents. Tu voudrais que Jules se laisse tourmenter par Constance et Claudia ?

— Il n'y a pas qu'eux ! Tu sais, l'Italie a beaucoup évolué depuis l'époque des gladiateurs. Il y a des gens très gentils ici. Jules aurait avantage à laisser aller ce qui cloche pour privilégier ce qui se passe bien, conclut Emanuele, songeur.

Emanuele parle comme Gino, parfois. Je ne suis pas certaine de toujours apprécier...

14 H 10

Il y a tant de plats différents proposés au menu de la caféteria que je ne sais que choisir. À ma grande surprise, je ne remarque par contre ni pizzas ni spaghettis. ☹ Quand Emanuele me suggère de prendre quelque chose de nouveau pour changer, j'hésite. Comme Alice, Elias et lui ont commandé des gnocchis, je fais de même. Ça ressemble à une sorte de pâtes, alors ça doit être bon. En entrée, je me laisse tenter par des *fiori di zucca*. Ça aussi, ça semble délicieux. Ça sent bon, déjà ! Reste à savoir ce que c'est exactement...

14 H 15

—Ah ! Tu as pris des *fiori di zucca,* constate Aïcha lorsque je viens la rejoindre à table.

—Euh, oui.

—Et des gnocchis, souligne Emanuele, l'air satisfait, en s'asseyant à son tour. À Rome, la tradition impose que l'on mange des gnocchis le jeudi, de la morue le vendredi et des tripes le samedi. Te voilà presque totalement romaine, mon amie.

—Ah bon! Quelqu'un peut-il quand même m'éclairer sur ce que j'ai choisi? Parce que je n'ai malheureusement pas la moindre idée de ce que je m'apprête à manger, là.

—Les *fiori di zucca* sont des fleurs de courgettes cuites dans l'huile et farcies à la mozzarella, m'explique Aïcha. C'est délicieux, goûte, tu verras!

—Des fleurs, vraiment? commenté-je, incrédule, avant d'en porter une à ma bouche.

Miam! Je dois avouer que je trouve cela délicieux, probablement parce que c'est frit et qu'il y a du fromage à l'intérieur.

—Quant aux gnocchis, poursuit Elias, ils font partie de la grande famille des pâtes, mais sont fabriqués à base de pommes de terre plutôt que simplement composés de farine de blé dur.

Hum! La consistance est un peu bizarre, mais j'aime! D'autant plus qu'ils sont gratinés avec de la sauce tomate et du fromage râpé. ☺ Décidément, il va me falloir de nouveaux vêtements en rentrant à Québec, parce que je dois bien avoir pris trois ou quatre kilos depuis mon arrivée à Rome! La vérité, c'est que je n'ai rien contre, tant que ma mère m'achète de nouveaux vêtements. Trêve de rêveries : ma mère, le magasinage, ce n'est pas son fort. Déjà qu'elle m'a acheté des tas de vêtements depuis notre arrivée ici... J'ai bien peur que la prochaine occasion de mettre les pieds dans une boutique, ce soit à la rentrée scolaire de l'année prochaine, alors autant ne pas outrepasser les limites de mon appétit d'ici ce temps-là... (Dis, ta mère à toi, elle aime magasiner ?)

Tiens, voilà Nathaniel qui vient vers nous. Je me demande ce qu'il veut.

— Mesdemoiselles, messieurs, je vous prie de m'excuser de vous déranger pendant votre repas, commence-t-il.

Il est gentil, l'ami de ma mère, mais tellement poli et révérencieux qu'il me fait rire et que j'ai un peu de misère à le prendre au sérieux. Pourtant, il a l'air tout à fait grave, là. J'espère qu'il n'a pas une mauvaise nouvelle pour l'un d'entre nous... Oups, j'ai l'impression que c'est moi qu'il regarde !

— Juliette, quand tu auras terminé ton repas, j'apprécierais que tu viennes un moment dans mon bureau. Je dois te parler, c'est important, déclare-t-il.

Oh là là ! Que peut-il bien me vouloir ? Je suis inquiète. Il a peut-être entendu parler de mon comportement en classe, hier ? À moins qu'on ne lui ait raconté l'anecdote de ce matin... À coup sûr,

Claudia ou Filippa sont allées se lamenter! À moins que le prof d'italien lui-même ne soit allé rapporter… Grrr! 😑

— Euh… C'est que maman doit venir me prendre à 16 h pile.

— Je sais, Juliette. Finis tranquillement de manger et viens ensuite me retrouver. Autour de 14 h 40, ça te va? Mon bureau est au deuxième étage. Tu te souviens de l'endroit?

— Euh… oui, acquiescé-je, pas vraiment rassurée.

Et si la maman ambassadrice de Claudia était dans son bureau en train de m'attendre pour me secouer comme un prunier? Et si Nathaniel avait téléphoné à ma mère pour se plaindre de moi? Et si le père d'Andrea, lui-même le fils d'une célébrité décédée, n'avait pas apprécié que je traite son fils de crétin? Et si je me faisais mettre à la porte d'une école en pleine semaine de relâche alors que je n'y suis même pas officiellement inscrite? Oh là là! La HON-TE! Ça va barder dans le bureau tout à l'heure, j'en suis certaine! Et que dire de la réaction de maman lorsque je rentrerai ce soir!

À moins que Nathaniel ne veuille m'annoncer qu'il est amoureux d'elle, justement, et qu'il souhaite l'épouser! 😲 Nooon! Les yeux exorbités, je secoue négativement la tête. Elle m'en aurait parlé si elle avait été amoureuse de lui, elle aussi. Du moins, je pense… Et puis, elle n'aime que moi et grand-maman. (Enfin, pour le moment.) Ouf! Quel stress, quelle histoire!

— Il te veut quoi, le proviseur? s'intéresse Alice en me faisant un de ses fameux clins d'œil. Depuis deux ans que je fréquente ce lycée, il ne m'a encore jamais invitée à passer dans son bureau, moi.

— Je crois que, malgré le fait que tu sois sans doute la plus espiègle d'entre nous, tu es un ange à côté de Jules-la-féroce! se moque Elias.

— Je t'en ferai des "Jules-la-Féroce", moi! m'écrié-je en faisant mine de lui lancer un gnocchi à la figure.

— Pitié, ô tout puissant Néron, épargne ma vie, poursuit le garçon, en joignant les mains.

— Oui, renchérit Alice, l'air faussement suppliant, laisse la vie sauve à ceux qui autrefois étaient tes alliés.

Mes quatre amis éclatent de rire. Ouais, me voilà avec toute une réputation, me semble-t-il. Je ne suis pas certaine que ce soit le résultat que je souhaitais…

— Aucun de nous n'a d'examen cet après-midi, alors on attendra tous bien sagement ici ton retour pour savoir de quoi il retourne, fait Aïcha, sur un ton plus sérieux.

Tant mieux parce que je risque d'avoir besoin de réconfort, je crois !

14 H 45

Toc ! Toc ! Toc !

— Entre, Juliette, fait la voix de Nathaniel.

Je tente vainement de réfréner un léger tremblement de mains pour tourner calmement la poignée de la porte. Je DÉTESTE être invitée à entrer dans le bureau du directeur. De tous les directeurs du monde entier !

— Assieds-toi, mon enfant.

Je constate que Nathaniel est seul. Ouf ! C'est déjà ça ! Qu'à cela ne tienne, j'obtempère en silence, les yeux humblement penchés sur les dalles de travertin qui recouvrent le sol du chic bureau du proviseur du lycée Chateaubriand de Rome.

— Juliette, j'ai eu ta maman au téléphone, ce matin. As-tu une idée de ce dont nous avons parlé ?

— Euh... non, pas du tout, feins-je, le regard fuyant.

— Elle trouve que tu n'as pas l'air dans ton assiette depuis quelques jours et elle m'a dit que tu faisais des cauchemars la nuit. Elle m'a demandé s'il se passait quelque chose d'anormal au lycée. Je lui ai donc promis d'avoir une conversation avec toi. Dis-moi, t'entends-tu bien avec tes camarades ici ? Est-ce que tout se passe bien ?

— Euh…

Sidérée, j'avoue que je ne sais trop que répondre.

— Ne te sens surtout pas mal à l'aise mais s'il y a quelque chose qui ne va pas, il est important de le mentionner, insiste-t-il.

— …

— Juliette ?

Nathaniel me regarde en se grattant le sommet du crâne (qu'il a aussi dégarni qu'un œuf dur). Il semble aussi embarrassé que moi, le pauvre.

— Euh… oui. Ça se passe très bien.

— J'ai promis à ta mère de tout faire pour que ton séjour ici soit inoubliable. S'il se passe quelque chose, s'il y a quoi que ce soit qui ne va pas, je tiens absolument à être le premier à en être informé. Je suis là pour toi, quel que soit le problème. Tu comprends ?

Mille et une pensées se bousculent dans mon esprit. Pour être inoubliable, il n'y a pas à dire, mon séjour ici sera assurément i-nou-bli-a-ble ! Le hic, c'est qu'étant donné mon comportement des deux derniers jours, je me vois mal me plaindre de celui d'Andrea, de Filippa, de Claudia et des autres ! Nous sommes en guerre, là, et je ne puis plus compter que sur moi-même ! Je ne prétends pas que je ne me confierais pas à lui si je devais passer toute l'année scolaire ici (je me confierais même CERTAINEMENT à lui si je devais passer toute l'année scolaire ici), mais la semaine s'achève et le combat aussi.

— Je comprends, oui. S'il y a quelque chose qui ne va pas, je ne manquerai pas de vous en informer ! assuré-je à en me levant d'un bond, un sourire hypocrite aux lèvres. Merci, Nathaniel. Je peux retourner auprès de mes amis jusqu'à l'arrivée de maman ?

— D'accord, Jules, accepte Nathaniel, semblant toujours aussi soucieux. Je compte sur toi. Ta mère ne me le pardonnerait pas si tu devais être malheureuse parmi nous. Tu peux donc venir te confier à moi à n'importe quel moment.

— Entendu.

Je tourne les talons pour retourner à la « caff ». Il a de bonnes intentions, l'ami de ma mère, mais il arrive trop tard…

14 H 55

Alors que je redescends nonchalamment l'escalier, un bruit strident me déchire presque les tympans. On dirait une sirène d'incendie ! En reniflant, je constate qu'une vague odeur de roussi

grand incendie de Rome ? Je secoue la tête. Il faut que je me calme et que je rebrousse simplement chemin pour retrouver le grand escalier menant à la sortie.

15 H 10

— Livia ! Où es-tu ? LI-VI-A ! Réponds-moi ! crie une voix.

Brusquement, voilà Claudia qui apparaît. Elle est pâle comme un fantôme et semble complètement paniquée.

— Tu as vu Livia ? me demande-t-elle.

— Qui c'est, celle-là ? l'interrogé-je, interloquée.

— Elle est normalement avec les plus jeunes, mais elle n'est pas descendue. Je ne la trouve nulle part !

Les notes aiguës dans la voix de mon ennemie et sa mine désespérée laissent deviner qu'elle frôle la crise de nerfs. Je hausse les épaules, mon esprit oscillant entre l'indifférence et l'embarras. Si elle a perdu la boule, est-ce mon problème ? Je n'en suis pas sûre. Je n'aimerais cependant pas pour autant qu'il lui arrive malheur.

— Ton amie est sûrement déjà dehors. On ferait d'ailleurs mieux de sortir, nous aussi. Tu viens ?

Mais Claudia ne semble même pas m'entendre et reprend de plus belle :

— Où es-tu Livia ? LI-VI-A ! hurle-t-elle en s'éloignant de moi.

J'hésite un moment. Devrais-je la suivre ? Je ne suis pas certaine que ce soit une bonne idée. Exaspérée, je fais une ultime tentative :

— Allez, Claudia ! Ne fais pas l'idiote ou on va risquer notre peau toutes les deux. Reviens ! Où vas-tu ? Tu ne devrais pas aller là-bas ! CLAU-DIA ! Ah ! Ahu, ahu ! Ahu, ahu, ahu ! Ahu, ahu, ahu, ahu !

Me voilà prise d'une violente quinte de toux. La fumée est en train d'envahir le couloir ! Il faut que je sorte d'ici au plus vite. Il n'est pas question que je me fasse griller sans sourciller, comme les victimes de Néron en 64. Ma mère me disputerait bien trop ! 😛

Non sans un brin de remords, je tourne le dos à Claudia et prends le plus court chemin possible vers un escalier qui mène au rez-de-chaussée, puis à l'extérieur.

15 H 15

— Mon Dieu, Juliette ! Comment vas-tu ? Où étais-tu passée ? me demandent en chœur Alice, Aïcha, Elias et Emanuele en se précipitant vers moi.

— J'étais à votre recherche, dis-je piteusement.

— Mais c'est absurde ! Quelle tête de linotte tu fais ! Tu n'as pas entendu la sirène indiquant qu'il fallait sortir immédiatement ? s'afflige Emanuele, le front barré de plis soucieux. Il s'agit d'un véritable incendie. Il paraît qu'il s'est déclenché dans une salle du premier étage, dans l'aile de l'école où sont situés les studios de musique et les locaux fréquentés par les plus jeunes.

— Oh ! Il commence à y avoir beaucoup de fumée là-bas en tout cas.

(Je n'apprécie pas tellement d'avoir été traitée de « tête de linotte », mais j'imagine que c'était mérité. ☹) Soudain, je prends conscience d'avoir oublié quelque chose. Je me tape le front avant de poursuivre :

— Je viens de croiser Claudia. Elle cherchait une certaine Livia et a refusé de venir avec moi. Vous avez une idée de qui il s'agit ?

— Mon Dieu ! ce n'est pas vrai ? répond Emanuele, catastrophé. Tu veux dire qu'elle est toujours là-dedans ?

— Je crois bien, oui.

— Vite ! intervient Elias avec précipitation. Il faut immédiatement avertir le proviseur et les pompiers.

Emanuele et lui s'éloignent en courant tandis qu'Aïcha et Alice m'entourent de leurs bras pour me rassurer.

—Ne t'en fais pas, me tranquillise Aïcha, ils vont les retrouver !

—Oui, je l'espère.

Une ombre s'abat soudain sur mon esprit. Si je me rappelle bien, mercredi, après que Claudia a attiré l'attention de toute la classe sur la tache dans mon entrejambe, j'ai imploré qu'un tremblement de terre ou un incendie fasse disparaître cette école ! *OMG !* Comment ai-je pu souhaiter une chose pareille ? Je ne me le pardonnerai jamais !

—Mais qui est Livia ? insisté-je.

—C'est la petite sœur de Claudia, m'apprend Alice, en se mordant la lèvre inférieure. Elle l'adore. J'espère seulement qu'il ne leur est rien arrivé.

—...

J'ai les larmes aux yeux et je n'arrive plus à articuler un mot.

15 H 25

Serrées les unes contre les autres, les filles et moi nous rongeons les sangs. Perdue dans mes pensées, je lutte contre un terrible sentiment de culpabilité. Se peut-il vraiment que j'aie moi-même causé cet incendie par la seule force de mon esprit vengeur ? Je ne veux pas y croire ! Si c'est le cas, je ne pourrai jamais m'en remettre. Eh, toi ! Oui, toi ! Tu crois vraiment que ça peut arriver ? Il me semble avoir vu quelque chose du genre dans un film d'horreur, lors du dernier Halloween.

Je hoche la tête de droite à gauche. Non. Ce genre de chose n'arrive justement que dans les films ou dans les… cauchemars. C'est ça ! Je suis en train de rêver et je vais bientôt me réveiller. Maman ! Si j'arrive à sortir de ce drame sans séquelles, je jure de ne plus jamais rouspéter quand je devrai vider la machine à laver ou le lave-vaisselle ! Mieux : je sortirai les ordures le lundi matin sans que tu aies plus jamais besoin de me le demander !

15 H 35

Un filet de fumée sort maintenant par une fenêtre du premier étage de l'aile nord de l'école. Elle a été brisée par deux pompiers casqués qui sont montés par une échelle pour éteindre le foyer de l'incendie à l'aide de longs boyaux. Toujours aucune nouvelle de Claudia et de sa petite sœur.

Après avoir été alertés par Nathaniel, à la demande d'Elias et Emanuele, deux autres pompiers sont partis à leur recherche en passant par l'entrée principale. Ni les unes ni les autres n'ont réapparu depuis. Dans l'attente, les gens se sont recueillis et il règne un silence de mort parmi la foule entassée de l'autre côté de la via di Villa Patrizi.

Abattue, je penche la tête en continuant de réciter de muettes prières. J'ai mal à l'estomac et je tremble de la tête aux pieds. Ce n'est pas que j'aimais particulièrement Claudia, mais je sens bien que nos querelles étaient futiles à côté du drame en train de se jouer. Filippa et Constance se tiennent loin. Je ne peux voir leur visage. C'est tant mieux. Quelle angoisse, cette attente ! J'essaie d'imaginer la petite sœur disparue. Moi qui n'ai jamais eu de frère ou de sœur, je peux quand même deviner l'ampleur de l'effroi de Claudia en constatant l'absence de Livia. Y penser me fait de la peine. Un simple coup d'œil aux visages contrits d'Alice et Aïcha me confirme qu'elles ressentent la même chose.

15 H 40

Un brouhaha inattendu me fait relever les cils. Il y a de l'agitation au niveau de l'entrée principale. Oh ! Une tête blonde vient de faire son apparition et un mouvement de foule s'amorce vers elle.

— C'EST CLAUDIA ! s'écrie Alice.

— Tu en es certaine ? demandé-je (en remerciant déjà tout bas le ciel, la Terre-Mère, les dieux de tout acabit et même les saints).

— Oui, c'est Claudia ! confirme Aïcha, un sourire de reconnaissance sur les lèvres.

— Oh ! Mais elle porte un gros paquet dans les bras, renchérit Alice.

Le paquet en question est une petite fille. La sœur de Claudia, sans doute. Mon cœur se serre un instant. Comment vont-elles ? Claudia a posé la fillette par terre. Celle-ci rit en répondant aux questions des pompiers. Je pousse un immense soupir de soulagement. Les deux sœurs semblent bien se porter... Pourvu que ce soit vraiment le cas !

15 H 45

À la suite de Claudia, les pompiers sont sortis de l'immeuble et s'adressent maintenant à Nathaniel. Toute trace de fumée a disparu et les gens commencent à rire et à parler entre eux. Emanuele et Elias nous ont rejointes, le sourire aux lèvres.

— Tout est bien qui finit bien, lance Emanuele.

— Oui, *la vita è bella*[3] *!* répondent Aïcha, Elias et Alice.

— *Viva Roma !* m'exclamé-je à mon tour, sans être certaine que ce soit la bonne chose à dire...

Une ambulance arrive. On y installe Claudia et Livia malgré les protestations des jeunes filles qui ont effectivement l'air d'avoir eu plus de peur que

3. « La vie est belle ! »

de mal. Il s'agit sans doute d'une mesure de prudence. Mademoiselle Morival insiste de sa voix douce mais ferme, et monte avec elles.

16 H

L'ambulance est partie et les pompiers commencent déjà à remballer leur matériel. À l'exception de la vitre cassée, rien ne permet plus de se douter qu'un drame a failli se dérouler ici cet après-midi. Malgré tout, comme les parents ont commencé à arriver, ils sont étonnés et inquiets de nous trouver tous à l'extérieur et tout le monde parle en même temps, en gesticulant.

J'ai beau chercher, je ne vois ma mère nulle part. Grrr… Elle ne m'a tout de même pas oubliée ? Misère !

16 H 05

Pressé de questions, Nathaniel s'adresse à la foule des élèves et à leurs parents.

— Mesdemoiselles, mesdames, messieurs, les pompiers viennent de me confirmer qu'un tout petit incendie s'était effectivement déclaré cet après-midi dans un bassin de produits chimiques oublié sur la flamme d'une bougie dans une classe de sciences. Fort heureusement, cet incident n'a eu aucune conséquence grave. Deux jeunes filles ont été emmenées à l'hôpital, mais leur état n'est nullement inquiétant. Enfin, les pompiers certifient également que seul le local de sciences a été endommagé par la fumée. Ceux qui le désirent peuvent donc réintégrer le bâtiment pour y attendre leurs parents. Il va sans dire que le lycée Chateaubriand sera ouvert demain et que rien n'est changé au programme. Aucun cours n'est annulé. Les cours de sciences seront simplement déplacés. Enfin, je tiens à féliciter nos élèves pour leur comportement exemplaire pendant ce léger incident. Je vous remercie.

Je lève les yeux au ciel. Aucun cours n'est annulé ? La bagarre risque de recommencer, alors...

16 H 20

— Ma Juliette, comment s'est passée ta journée ? demande naïvement ma mère en me retrouvant assise toute seule sur le banc situé sous la porte cochère.

— Si on ne tient pas compte du fait qu'il y a eu un incendie, que tous les élèves ont failli griller comme de la guimauve et que tous les autres parents sont déjà venus les chercher, ça s'est plutôt bien passé. Merci.

— Un incendie ? Tu plaisantes, là ?

La bouche ouverte, ma mère pâlit en portant la main droite à son cœur. Bon, bon... Je crois avoir vécu assez d'émotions fortes pour aujourd'hui. Je ne vais pas être trop méchante.

— Je blague un tout petit peu. Il y a effectivement eu un incendie, mais ne t'inquiète pas, il était tout petit. Les pompiers sont tout de même venus, l'ont éteint, puis sont repartis. Pourquoi es-tu autant en retard ?

— Sérieusement ? Les pompiers ? Ma pauvre chérie ! Laisse-moi entrer pour questionner Nathaniel et constater l'ampleur des dégâts à l'intérieur.

— Ne te dérange pas. Il n'y a rien à voir puisque les pompiers sont partis depuis près d'une quinzaine de minutes. Il y a très peu de dégâts et les cours reprennent demain matin, comme d'habitude.

— Vraiment ? Quelle histoire, tout de même ! C'est fou comme ce genre de chose n'arrive qu'à toi, Juliette !

— Tu ne m'as pas encore dit pourquoi tu es en retard.

Elle jette un coup d'œil à sa montre.

— En retard, moi ? Un petit quart d'heure, on ne peut pas vraiment appeler ça du retard, voyons. Bon, on y va ?

(Ouais, tu as remarqué ? Quelle mauvaise foi, tout de même ! Lorsque c'est moi qui arrive dix minutes après l'heure prévue, elle met presque toute la ville sens dessus dessous, persuadée qu'il m'est arrivé le pire des malheurs !)

— Ça se passe toujours bien avec les autres élèves ? s'enquiert-elle encore.

— Très bien, oui. On fait quoi, là ? Tu m'emmènes où, au juste ?

Je suis impatiente de changer de sujet. Assez parlé de conflits et de petits malheurs pour aujourd'hui ! Je choisis même de passer sous silence le fait qu'elle ait demandé à Nathaniel de me questionner. Je n'ai plus qu'une envie maintenant : me changer les idées !

— J'ai pensé qu'on pourrait prendre un tramway pour nous rendre au Largo di Torre Argentina.

— Pour aller où ? C'est encore un musée avec 300 000 personnes à l'intérieur ?

— Ce sont des ruines, pas un musée, et elles sont en effet très fréquentées, mais pas par des personnes.

— Elles sont fréquentées par quoi, alors ? Des fantômes ?

— Par des chats, m'apprend ma mère, un sourire énigmatique aux lèvres.

— Hein ?

— Viens, je te réserve une surprise.

Après les bouleversements de cette journée, je doute que quoi que ce soit puisse encore me surprendre.

16 H 30

Nous descendons du tramway à proximité d'une piazza, une vaste place rectangulaire comme il y en a partout dans cette ville. Au centre de la place, contre toute attente, il y a des ruines (comme il y en a également partout, oui). Mais, cette fois, les ruines sont protégées par quatre hauts murs en verre.

— Ces vestiges sont tout ce qui reste de plusieurs temples romains qui furent érigés ici environ 500 ans avant Jésus-Christ. Il s'agit d'une aire sacrée, m'explique maman.

— Hum... bien. Mais les chats ? Ils sont où ?

— On dit que la ville de Rome compte environ 300 000 chats.

— Je n'en vois aucun ici !

— Pourtant, cet endroit est un de leur refuge. Observe bien en bas.

Je scrute la piazza. Les fameuses ruines sont au-dessous du niveau de la rue, comme si la ville actuelle avait été construite par-dessus et qu'il avait fallu creuser pour mettre les anciens temples au jour. De la végétation pousse un peu partout, entre les colonnes en marbre et les murs en pierre décrépits et gris. Soudain, j'aperçois un gros matou confortablement installé au sommet d'une colonne.

— Là ! m'exclamé-je en pointant du doigt l'animal au poil roux. Comme il est mignon !

J'a-do-re les chats !

— Il y en a un autre juste ici, ajoute maman en montrant un autre félin, allongé presque à nos pieds, de l'autre côté du mur.

— Et puis un autre là, et là, et encore lààà ! m'écrié-je.

Au fur et à mesure que mes yeux s'habituent à parcourir le site en tentant de distinguer toutes les nuances de gris, je prends conscience que des chats sont paresseusement allongés dans tous les coins. Certains se prélassent au soleil, d'autres sont blottis à l'ombre. Il y a en des centaines ! Çà et là, je remarque des écuelles remplies d'eau ou de nourriture déposées à leur intention. Cet endroit est un véritable sanctuaire réservé aux minets !

— Ce site archéologique est spécial en ce qu'il abrite une sorte de société protectrice des chats qui prend en charge ceux qui vivent ici depuis qu'on a exhumé les ruines, poursuit maman en souriant. Regarde, on dirait que les monuments prennent vie grâce à eux. Tu veux entrer ?

— C'est possible ?

— Mais bien sûr. Viens !

L'accès au site est gratuit. On y accède par une porte donnant sur un escalier vertigineux menant au milieu des ruines. Les bénévoles dévolus au bien-être des matous sont accueillants et nous invitent à caresser les animaux les moins farouches. Il y a même une infirmerie pour les chats malades. Pauvres petits ! Tous ne se laissent pas approcher, mais j'ai le tour avec les chats, moi ! Ils m'aiment bien d'habitude et j'aime tant les caresser longuement. Leur poil est si doux ! ☺ Et puis, ça me fait du bien, ça m'apaise.

— Oh, Juliette ! Tu es toi-même aussi tendre qu'un chaton. C'est tellement beau de te voir avec eux !

La remarque de ma mère me surprend. C'est vrai que j'ai toujours été plutôt douce, mais depuis quelques jours, je me suis révélée être une vraie tigresse. Bizarre, non ? Rrrr... 😜 Moi qui ai toujours placé l'amitié et la solidarité au-dessus de tout, je ne suis pas certaine d'aimer vraiment la nouvelle Jules. Quand je pense à ce qui aurait pu arriver à Claudia et à sa petite sœur, je frissonne. Quant aux autres, j'avoue que je leur en veux toujours, mais... Un chaton ronronnant dans les bras, je frotte doucement ma joue contre ses poils soyeux. Le réconfort est immédiat. Malgré son jeune âge, il a de larges pattes. On dirait presque un lionceau. Il n'est peut-être pas aussi doux qu'il en a l'air...

— La ville de Rome a reconnu que les chats font partie intégrante du patrimoine bioculturel de Rome, nous explique la jeune responsable des lieux, dans un français hésitant. Une loi assure la protection de ceux qui vivent en liberté et un article stipule qu'il est interdit à quiconque non seulement de les maltraiter, mais également de les déplacer de leur habitat, sous peine de sanctions. Les Romains ont toujours été de grands amoureux des chats ! Vous voulez adopter celui-ci ?

— Non, je regrette, décline maman en hochant la tête, ce ne sera pas possible.

Dommage, pensé-je. J'aurais bien aimé ramener celui-là à la maison. Mais le voilà qui s'enfuit, aussitôt déposé à terre. Où vas-tu, petit minou ?

Il ne m'a pas jeté plus d'un regard. Décidément, les chats sont mystérieux et difficiles à saisir, comme les Romains…

— Ils viennent d'où, tous ces chats, m'man ?

— On raconte que l'amitié entre les Romains et les chats date de l'Antiquité. Le premier félin domestique serait apparemment venu à Rome à bord d'un bateau en provenance d'Égypte. L'expansion de l'Empire romain a permis à l'animal de se répandre partout en Europe. Les empereurs les appréciaient énormément, paraît-il, en particulier parce qu'ils se rendaient utiles en préservant des rongeurs les réserves de grains. On dit même qu'ils auraient, à une époque, sauvé la ville de la peste en exterminant les rats.

— ARK-QUE ! 😜

Je dois trouver un endroit où me laver les mains, moi, là !

18 H

Comme la température est encore tiède à ce moment de la journée, nous décidons de rentrer à pied en passant par le Colisée. Le soleil baisse rapidement à l'horizon. Il se couche peu après 18 h, ces jours-ci. Nous l'apercevons derrière l'amphithéâtre antique, tandis que nous nous préparons à traverser la via Nicola Salvi, en direction du parc du Colle Oppio.

— *Attraversiamo*[4], dit maman (qui prend vraiment ses leçons d'italien au sérieux), en me saisissant la main lorsque le feu pour piétons passe au vert.

— Ça va, m'man, tu n'as pas besoin de me tenir la main, grommelé-je en me dégageant.

Je jette un coup d'œil au monument millénaire derrière moi. Un frisson me parcourt l'échine. Juste au-dessus, le ciel est d'un bleu marin intense. À travers les arches des fenêtres, les quelques nuages se colorent de rose et d'orange. Lorsque l'éclairage intérieur s'allume pour permettre aux derniers touristes de sortir de l'enceinte, le Colisée semble soudain se parer d'or. L'ensemble du tableau est dramatique, poignant. Et si tous les gens qui sont nés et morts autour d'ici depuis la construction de l'amphithéâtre hantaient encore les lieux ?

Cet endroit va me manquer. Comme j'ai l'impression que me manqueront beaucoup aussi Emanuele, Alice, Aïcha et Elias lorsque je serai de retour à Québec. Soudain, je prends conscience que je suis impatiente d'être demain. Je sais, ça peut te paraître incroyable, mais je me rends

4. « Traversons. »

compte que, pour la première fois depuis mon arrivée, j'ai hâte de retrouver ma bande de nouveaux copains. Je suis pressée de me battre de nouveau… Vraiment ? Tu le crois ? Je frissonne. Décidément, ce voyage est en train de profondément me transformer !

19 H

Pendant que maman s'occupe du dîner, je vérifie si Gina ou Gino sont disponibles sur Facetime. Il est 13 h à Québec. Hum, je doute que mes amis soient chez eux à cette heure-là.

Gino : Jules ! J'allais sortir pour rejoindre Gina, mais je suis content de te voir. Comment ça s'est passé au lycée aujourd'hui ?
Moi (méfiante) : Bien, pourquoi ?
Gino : Allez, dis-moi la vérité. Gina m'a tout raconté hier après votre conversation.
Moi : Ben, j'ai décidé de me défendre et la journée a été bien meilleure.
Gino : Raconte !

Je lui relate ma journée dans le détail et, bien entendu, il est surpris, mais pas tout à fait dans le sens que j'imaginais.

Gino: Qu'est-ce qui t'arrive ? Je ne te reconnais plus, Jules.
Moi : Qu'est-ce que tu veux dire ?
Gino : Tu ne trouves pas que tu as tapé un peu trop fort, là ? Je ne suis pas certain que tu aies vraiment la situation bien en main.
Moi : Ben quoi ? Tu aurais préféré que je continue à me laisser marcher dessus ?

Je sens la moutarde me monter au nez. Il ne va pas recommencer à me faire la morale !

Gino : Pas du tout, mais je ne crois pas que la vengeance soit la meilleure voie.
Moi : Tu parles comme Emanuele ! J'aurais dû faire quoi, d'après toi ?
Gino : Ton nouvel ami me semble très sage. Sois plus subtile dans ta défense, ma belle. Il est évident que ces personnes qui t'ont fait de la peine ont eu tort d'agir ainsi. Par contre, tu risques gros en embarquant dans leur jeu et en les traitant de la même façon qu'elles t'ont traitée. Ton attitude renforce la leur.
Moi : Je refuse d'être le souffre-douleur de ces gens ! Je refuse d'être une victime. Je préfère me battre ! Je suis une guerrière.

Combattre ou mourir, comme les gladiateurs, tiens. On m'a blessée. Je vais me venger.

Je ne sais pas s'il y a déjà eu des gladiatrices. J'en doute... Qu'à cela ne tienne, je pourrais être la première gladiatrice québécoise à Rome ! ☺

Gino : Le désir de vengeance est dangereux. Tu risques une escalade de la violence. Sois plus maligne que tes ennemis. Si tu cherches à les écraser, ils en feront autant. Essaie plutôt de gagner leur confiance.
Moi : Et comment je suis censée faire ça ?
Gino : En étudiant tes ennemis. J'ai appris ça au cours de karaté. Tente d'en savoir plus sur eux. Un proverbe amérindien dit qu'il ne faut jamais juger son prochain avant d'avoir marché toute une journée dans ses mocassins.
Moi : Comment ça ?
Gino : Ça signifie qu'il y a certainement une raison à leur attitude. À toi de la découvrir. Ça t'aidera à désamorcer la guéguerre dans laquelle vous êtes embarqués. En ce moment, tu es dans une impasse. Je suis inquiet pour toi, Jules.

Moi: J'ai l'impression que tu prends le parti de mes ennemis, Gino Fernandez!
Gino: Pas du tout. Je te dis tout ça uniquement parce que je t'aime, et parce que je comprends la situation mieux que tu ne l'imagines puisque que je suis déjà passé par là.
Moi: Quand ça?
Gino: Ça n'a pas été facile pour moi, tu sais, quand j'ai dû m'intégrer dans votre école. J'arrivais d'Argentine avec mes parents et je parlais mal français. J'avais un accent terrible et beaucoup d'élèves se moquaient de moi. Ha, ha, ha!

Il rit. Il est adorable quand il rit, mais je me demande comment il peut raconter une anecdote aussi douloureuse sans colère. Gino et moi sommes décidément très différents. J'avoue que je l'envie. Il est toujours si positif! Comment fait-il?

Moi: Mais, à ton avis, comment on est supposé faire pour ignorer les humiliations et les vexations quand on est seul?
Gino: Tu n'es pas seule, Jules. Tu as Emanuele, Alice, Elias et Aïcha!

Il hésite un moment avant de poursuivre.

Gino : Et puis, tu m'as, moi, même si je suis loin. Tu apprends tranquillement à connaître ces nouveaux camarades, mais tu apprends aussi à te connaître, toi, à découvrir tes forces et tes faiblesses. Je suis certain que tes "ennemis" te paraîtraient bien moins méchants si tu les connaissais mieux.
Moi : Hum... Je pense que je commence à comprendre ce que tu veux me dire.
Gino : Je ne te conseille pas de te laisser faire ni de devenir insensible. Je sais que ce que tu traverses est difficile et qu'il est normal de devenir émotif lorsqu'on est agressé. Tout ce que je te demande, c'est de ne pas aller contre ta nature. De chercher comment vivre cette expérience sans devenir une autre personne. Je t'aime telle que tu étais avant de quitter Québec, moi.

Il sourit encore et je craque. Il a raison. Je ne me sens pas vraiment moi-même en gladiatrice. Il doit y avoir moyen de gérer cette situation autrement que « par les armes ».

Moi : Je te le promets.
Gino : Allez, rappelle-moi demain pour tout me raconter.
Moi : D'accord. Bon après-midi, Gino.
Gino : Bonne soirée, Jules ! Je t'embrasse.
Moi : Moi aussi !

Vendredi 10 mars

14 H

Je suis au parc de la Villa Borghese avec mes copains. Après les cours, tout le lycée s'est transporté ici. C'est le jour de la fête donnée pour célébrer la fin du trimestre et elle commence par un immense pique-nique. Ces réjouissances sont offertes par l'école pour récompenser l'effort fourni par les élèves ces dernières semaines. Il faut dire que ceux-ci ont été en examen presque tous les après-midi, pendant que je visitais Rome avec ma mère. Je ressens un mélange d'appréhension et d'excitation. Il paraît que cette fête est généralement mémorable. Et justement, moi, j'ai envie de m'amuser, aujourd'hui.

Ce matin, Nathaniel a proposé à ma mère de me ramener lui-même à la fin de la soirée. Il paraît qu'elle risque de finir tard. (J'espère que ça veut dire après 21 h!) Mais maman a refusé, l'air scandalisé de celle à qui on essaie de voler son poussin. Sortir de ses jupons, ce n'est pas facile ! Parfois, j'ai l'impression d'étouffer tellement elle est mère poule, mais je suis pourtant toujours heureuse de pouvoir profiter de sa protection lorsque nécessaire. Grandir, trouver son équilibre, c'est toute une affaire ! ☺

14 H 10

Nous sommes tous assis sur une couverture, au soleil. Il doit faire dans les 22 °C. Un peu plus loin, sur un autre banc, le « clan Constance » se fait également dorer la couenne. Filippa, pour sa part, semble malheureuse. Elle a le visage grave, comme si on venait de lui annoncer qu'elle avait été éjectée du paradis. La fin du trimestre marque également le début d'une semaine de vacances. C'est la relâche scolaire des étudiants du lycée français de Rome. La plupart partent en vacances avec leurs parents. J'imagine qu'il s'agira pour eux de vraies vacances, pas de séjours dans l'école d'un pays étranger. (Il n'y a que ma mère pour me proposer des vacances pareilles !) N'empêche que Gino a raison : ce séjour ici, même s'il s'est avéré pour le moins bizarre (il faut l'admettre), m'aura permis de rencontrer Emanuele, Aïcha, Elias et Alice, d'apprendre plein de nouvelles choses, et même de manger autant de pâtes que j'en ai toujours eu envie. ☺

Toute la matinée, Claudia, Constance, Filippa et quelques autres m'ont jeté des regards malveillants, du moins en apparence. Ça n'augure rien de bon. Il y a une semaine encore, j'aurais été morte de frayeur à l'idée de les affronter ce soir. Aujourd'hui, à ma grande surprise, je me sens plutôt prête à tout. Je refuse de verser une seule larme de plus dans ce pays. Je sais, j'ai promis à Gino de cesser les hostilités, mais en me réveillant ce matin, j'ai compris que jamais plus je n'accepterai de me laisser intimider. Je trouverai bien une solution en temps et lieu.

— Claudia semble s'être remise de ses émotions, mais Filippa, elle, n'a pas l'air dans son assiette aujourd'hui. Vous croyez que c'est à cause de ce que je lui ai dit, hier matin ? demandé-je à ma bande.

— Non, certainement pas, m'assure Emanuele en souriant. Il est un peu tôt pour surestimer ton nouveau pouvoir.

— Elle a l'habitude de subir bien pire, renchérit Alice.

— Pire ?

— Ce que tu ne pouvais pas savoir hier, m'explique doucement Aïcha, c'est que le père de Filippa est décédé l'an dernier. Il n'a laissé à sa femme et à sa fille que des centaines de milliers d'euros de dettes. Il a été question un moment que Filippa quitte le lycée et que la famille déménage dans une petite ville du nord de l'Italie. Sa maman a cherché du travail un peu partout, en vain. Le chômage est important en Italie, tu sais. Il est beaucoup plus élevé qu'au Canada, très certainement. Finalement, sa mère a rencontré un homme d'affaires très riche. Le hic, c'est qu'il n'apprécie pas du tout sa nouvelle belle-fille. Comme elle était effrayée à l'idée de sombrer dans la pauvreté, sa maman a décidé de laisser Filippa en pension à Rome et de partir vivre à Milan avec son nouvel amoureux. Les parents de Constance l'ont accueillie chez eux, mais je crois qu'ils lui font sentir de toutes les manières possibles à quel point ils sont "bons" pour elle. Elle prétend que ça lui fait plaisir de vivre avec eux, mais on devine tous qu'elle n'est pas vraiment heureuse de cet arrangement et il n'est pas rare de la voir pleurer, surtout lorsque s'approchent les jours de congé.

— Oh ! C'est vraiment affreux ! Et moi qui lui ai dit des horreurs au sujet de sa mère !

Un peu abasourdie par ce que qu'Aïcha vient de me raconter, je ne peux m'empêcher d'être submergée par une vague de compassion envers mon ennemie. Les paroles de Gino tournent dans ma tête: « Il ne faut jamais juger son prochain avant d'avoir marché toute une journée dans ses mocassins. »

14 H 30

Les personnes responsables de la nourriture de ce pique-nique se sont surpassées. Deux longues tables couvertes de nappes blanches ont été dressées dans le parc. Il y trône tout ce que l'Italie fait de meilleur: plusieurs salades de pâtes, des carrés de différentes variétés de pizzas, une *insalata caprese* (composée de tomates, de fromage mozzarella frais et de basilic), du saucisson, des cubes de melon servis avec du *prosciutto,* des *panini* au jambon et aux épinards, et... des artichauts au citron et à l'huile d'olive. Là, j'avoue que ma grande interrogation est: « Comment ça se mange, ce légume bizarre là ? »

— Rien de plus simple. Regarde-moi faire, s'amuse Emanuele. Quand le légume est bien cuit, les feuilles se détachent très facilement.

Délicatement, il me fait une démonstration en prélevant chaque feuille séparément, de l'extérieur vers l'intérieur.

— La chair que l'on mange se niche à l'intérieur de la feuille. C'est la partie charnue que tu vois là, poursuit-il en me désignant la partie comestible. Tu dois juste gratter la chair avec les dents, comme ça.

Ouf ! Je l'imite avec circonspection. Ce n'est pas si facile que ça de « gratter avec les dents ». Je vais avoir les dents toutes vertes, moi ! 😛

— Je ne suis pas certaine d'aimer, avoué-je en reposant sagement la feuille dans mon assiette. Mais je suis contente d'avoir goûté.

Pour nous désaltérer, nous avons de la limonade fraîche et, pour le dessert, nous attendent du *tiramisù* et de la *panna cotta*. Miam, miam ! Tu connais ? Le tiramisu est le dessert traditionnel de la cuisine italienne. Il se compose d'œufs, de sucre, de mascarpone (une sorte de fromage à la crème), de biscuits, de cacao et de café. C'est délicieux, vraiment ! Quant à la *panna cotta,* il s'agit d'un genre de crème cuite. Elle est fabriquée à partir de crème, de lait et de sucre auxquels on a ajouté de la gélatine pour obtenir une consistance ferme, et d'un coulis de fruits rouges, de chocolat fondu, de caramel ou de miel. Là, je suis littéralement au septième ciel !

L'Italie est renommée pour sa cuisine, ça, je le savais, même si maman affirme que la plupart des restaurants italiens établis à l'étranger ont perdu l'authenticité de la cuisine locale. En tout cas, moi, je me régale depuis mon arrivée. ☺

16 H

Une partie de soccer s'improvise pour nous aider à digérer. J'ai tellement mangé que j'ai peine à me lever de la couverture pour aller proposer de jouer avec les autres. Ouf ! Mon pantalon menace d'éclater mais, eh, oh ! attention ! Je cours vite, moi ! Je réussis à convaincre assez facilement l'équipe composée d'Emanuele, Elias, Alice et de sept autres élèves de me prendre avec eux. Rapidement, nous sommes deux équipes mixtes de onze joueurs. Andrea et Constance jouent dans l'équipe adverse, mais ni Claudia ni Filippa n'acceptent l'invitation. Par contre, elles ne quittent pas le match des yeux.

Oups ! Durant soixante minutes, j'ai beau courir dans tous les sens jusqu'à en perdre le souffle, je n'arrive pas à toucher le ballon une seule fois. Bizarre, non ? Décidément, je ne fais pas honneur à mon équipe ! Ça n'empêche pas Aïcha de m'applaudir chaleureusement, ni Emanuele,

Alice et Elias de me taper sur l'épaule pour m'encourager. J'avoue que je ne suis finalement pas très habile... Comme ma mère et moi sommes tout le temps en voyage, en particulier l'été, je n'ai jamais eu la chance de faire partie d'une véritable équipe, alors mon jeu de pieds est plus qu'ordinaire. ☹

Il paraît que le soccer se pratiquait déjà en Italie, dans l'Antiquité, et que les jeunes Italiens commencent à y jouer dès qu'ils savent marcher. Ici, les gens appellent ce sport du *calcio*, mais c'est vraiment du soccer, avec le même ballon et les mêmes règles.

Et, soudain, ça y est, mon pied est à deux pouces du ballon. Je prends mon élan et... BANG ! Constance me fait un croche-pied et je tombe le nez dans le gazon. Grrrr... 😠 Elle va me le payer, la grande perche ! Ce n'est pas du jeu, ça !

Mais, le temps de me relever, je constate que tout le monde s'est déjà éloigné. Selon toute vraisemblance, personne n'a rien vu des agissements de mon ennemie. Je lui en dois une à celle-là ! Cette guérilla ne s'arrêtera donc jamais ? Encore une fois, les paroles de mes *BFFs* me reviennent à l'esprit : « Il faut te DÉ-FEN-DRE quand on t'agresse, pas te mettre à pleurnicher ! » m'a dit Gina. « Sois plus maligne que tes ennemis, ma belle », m'a plutôt conseillé Gino. Hum… Que dois-je faire ? Je suis toute perdue, moi !

Des hurlements de joie interrompent mes pensées. Constance vient de marquer le but gagnant qui met fin à la partie. Bon, ben, je n'ai pas à prendre de décision immédiatement, semble-t-il.

17 H

Bien que j'aie l'impression de tout juste de sortir de table, on annonce que c'est déjà l'heure de l'*aperitivo*, l'apéritif. Tiens donc ! Évidemment, comme nous ne sommes pas en âge de boire de l'alcool, il n'est pas question de nous servir du vin, mais il paraît qu'une surprise nous attend dans l'immense salle à manger de la *caffetteria* du lycée. Finalement, il me reste peut-être encore un peu de place…

Comme mon jeans est souillé, je veux d'abord passer à la salle de bain pour me changer. J'aimerais aussi me recoiffer et me débarbouiller. Ce matin, j'ai pris la précaution de mettre ma nouvelle robe bleue dans mon sac, ainsi qu'un jeans et des chaussures de rechange. Comme il semble que la soirée sera plutôt chic, je pense que je vais mettre la robe et défaire ma queue de cheval pour laisser ma chevelure libre sur mes épaules.

Heureusement, j'ai pensé à apporter une brosse et même un peu de brillant à lèvres et du mascara. Ce n'est pas tous les soirs que je suis invitée à une fête en Italie, quand même ! Je prends donc de l'avance sur les autres, soucieuse d'avoir un peu de temps pour moi toute seule, avant que les toilettes ne soient prises d'assaut.

— On se retrouve à la caff ? propose Aïcha.

— Oui, je vous rejoins dans vingt minutes, lancé-je en me pressant en direction du lycée.

Une fois à l'intérieur du bâtiment, j'aperçois Filippa qui marche juste devant moi. Elle est seule aussi. Lorsqu'elle tourne la tête, je vois que son visage affiche une grande tristesse. Elle aura sans doute appris que son acteur de cinéma préféré est amoureux d'une autre. À moins que sa mère ait refusé de lui acheter le dernier sac Louis Vuitton. Je me moque, évidemment, mais à mes yeux, il semble impossible que cette fille soit autre chose qu'une enfant gâtée et superficielle.

La voilà qui s'apprête à monter l'escalier qui mène à l'étage où sont situées les douches des filles. Je n'ai pas le choix de la suivre… Par chance, elle ne m'a pas vue et elle n'a par conséquent pas du tout conscience que je l'observe. Ses chaussures à plateforme sont très jolies, mais un brin trop hautes pour une fille de notre âge, jugé-je. Il ne manquerait plus qu'elle manque une marche et qu'elle tombe. Soudain, la voilà qui fait justement un mauvais pas, perd l'équilibre et s'affale de tout son long trois marches plus bas. Oh ! ai-je des dons de prémonition ? À moins que je n'aie provoqué cette dégringolade par transmission de pensée, encore une fois ? *OMG !* 😲 Quoi qu'il en soit, la chute de Filippa s'accompagne d'un bruit de craquement suspect qui ressemble fort à celui d'un bout de tissu qui se déchire. Prise de remords, je me précipite vers elle.

— Tu t'es fait mal ?

— Ne m'approche surtout pas, toi, la péquenaude !

« Péquenaude » ? L'insulte me fige sur place. Je me demande bien ce que cela veut dire exactement ? Bah ! Peu m'importe ! Si mademoiselle Filippa Giordano ne veut pas de mon aide, je vais passer mon chemin. À quoi ai-je pensé ? Elle ne veut pas de ma sollicitude ? Qu'elle se débrouille donc toute seule ! Nous ne sommes pas amies, après tout ! En faisant un pas de côté, je remarque que ma « meilleure ennemie », qui a les mains au sol et le derrière en l'air, a de la difficulté à se redresser. (Pas étonnant avec ses chaussures ridicules !) Mais, qu'a-t-elle sous la fesse droite ? Il y a quelque chose de bizarre, là. Je ne peux m'empêcher d'avancer la tête pour regarder. C'est une tache ou un trou ? Oh là là ! C'est un É-NOR-ME accroc, un trou dans le tissu. La déchirure s'étend d'un bout à l'autre de l'arrière de la cuisse, mettant en évidence la fesse droite de la demoiselle. Pire, on voit presque entièrement sa culotte, qui est rose, avec des papillons bleus et blancs. J'hésite entre l'effroi et le fou rire. Pour une fois que ce genre de catastrophe ridicule ne s'abat pas sur moi ! Mais pauvre Filippa, quand même ! Aurai-je le cœur de l'abandonner comme ça ?

17 H 15

Bon, ben là, il faut que je me décide ! Je laisse Filippa se débrouiller toute seule avec ses problèmes (après tout, ce n'est pas mes oignons) ou je lui offre encore mon aide (alors qu'elle vient tout juste de me traiter de « péquenaude », je te rappelle) ? Voilà qu'elle réussit péniblement à se remettre debout et qu'elle s'éloigne. Manifestement, elle ne se rend pas du tout compte que son pantalon est fichu et que sa fesse droite sera dans deux minutes la cible de tous les regards. (Tu en penses quoi, toi ? Oui, toi ! Ouais ? Eh ben d'accord. 😝)

— Eh, Filippa !

— Je t'ai dit de me laisser tranquille !

N'écoutant que mon courage (et mon bon cœur), je cours derrière elle et l'attrape par le coude :

— Écoute-moi une seconde, c'est important. Ton pantalon...

— Qu'est-ce qu'il a, mon pantalon ?

Elle dégage violemment son bras de mon étreinte. Son visage exprime tant d'hostilité que je recule. Du doigt, je pointe son fond de culotte avant de rétorquer d'une toute petite voix :

— Retourne-toi et rends-toi compte par toi-même...

À contrecœur, elle finit par s'exécuter.

— Mon Dieu, quelle horreur ! s'affole-t-elle, en constatant l'étendue des dégâts.

Elle a l'air aussi épouvanté que si elle venait de s'apercevoir qu'une queue de cochon venait de lui pousser.

— Ben ouais, confirmé-je platement.

À ma grande surprise, elle cache son visage derrière ses mains et éclate en sanglots.

— C'est pas vrai, l'entends-je balbutier à travers ses larmes. Il ne manquait plus que ça !

Hum ! Me voilà confrontée à tout un dilemme. D'un côté, je meurs d'envie de prendre mes jambes à mon cou. (Elle n'avait qu'à ne pas se montrer si antipathique, hein ?) De l'autre, je n'ai pas l'habitude de laisser tomber mes semblables lorsque je suis en mesure de les aider. J'hésite. Une seconde, je pense à Gina et j'ai envie d'abandonner Filippa à son triste sort. La seconde suivante, je songe à Gino et je veux balayer ces stupides disputes de mon esprit, et tendre la main à mon ennemie. Je n'ai plus envie de rire, en tout cas. J'ai des vêtements de rechange dans mon sac. Ma mère a cru que ce serait dorénavant plus prudent, au moins cette semaine, étant donné l'incident de mercredi, lorsque mes règles sont survenues brusquement et que le sang a transpercé mon jeans.

— Filippa…

Elle ne répond pas. La pauvre sanglote et affiche un tel désespoir que mon cœur fond de compassion.

— Je peux… enfin… je VEUX t'aider. Je… j'ai un jeans de rechange dans mon sac et on fait à peu près la même taille, toi et moi… Je peux te le prêter si tu veux.

De surprise, mon ennemie laisse retomber les mains qui masquent son visage. Ses yeux et son nez sont tout rouges. Elle n'est pas vraiment belle dans cet état. Le temps presse. En jetant un œil derrière moi, je vois arriver mes amis. Non loin d'eux, il y a aussi Andrea et Constance.

— Voilà Constance, soufflé-je à Filippa, tu veux que je lui demande de venir ?

— Surtout pas. C'est peut-être ma copine, mais elle ne manque pas une occasion de m'humilier quand elle le peut. Si tu veux m'aider, invente quelque chose pour que je puisse déguerpir d'ici sans me faire remarquer.

Elle a déclaré cela d'une toute petite voix, en reniflant lamentablement. C'est le moment de me remuer les méninges à la vitesse de la lumière. T'as une idée, toi ? Parce que dans moins de vingt secondes, ils seront tous là : le clan des méchants, comme le clan des gentils. Lorsque mon regard croise celui d'Emanuele, je n'hésite plus.

— Aïcha, Elias, Emanuele, Alice, venez vite. On a besoin de vous !

Aussitôt, mes amis accourent auprès de nous. Aïcha et Alice, qui ont compris d'un coup d'œil la situation, se sont placées devant Filippa, formant un paravent de leurs corps. Au premier rang, devant tout le monde, Elias, Emanuele et moi sourions de toutes nos dents à Andrea et Constance, qui sont parvenus à notre hauteur.

— Salut ! lancé-je.

— Salut, la Québécoise, lâche Constance. Salut, Filippa. Vous jouez à quoi, les petits copains ? Juliette vous donne des cours de québécois ?

— On vous rejoint tout de suite, intervient Emanuele. Filippa nous donne quelques bonnes adresses à Milan, où elle a passé ses vacances de Noël. À tout de suite.

— À plus, les loupiots, fait Constance, avec un sourire narquois.

— À tout de suite, conclus-je en lui rendant son sourire accompagné d'un signe de la main.

— C'est ça, pouiche, pouiche, par là-bas les mauvaises ondes, chuchote Alice en gesticulant, après que Constance a tourné les talons.

17 H 30

Dans les toilettes des filles, Aïcha, Alice et moi entourons Filippa. Les garçons nous attendent à la caff. Alice, toujours aussi efficace, a pris les opérations en main en sortant de son sac une trousse à maquillage complète.

— Il faut d'abord éliminer ces vilaines taches rouges sous tes paupières, explique-t-elle à Filippa. Tu as de si jolis yeux ! Aucune larme ne devrait jamais les déparer.

Formidable Alice ! Aussi généreuse qu'elle peut être taquine ! Elle tient en main un bâton de cache-cerne qui ressemble à un stylo à bille géant.

— Laisse-moi faire, poursuit-elle, je vais gommer tout ça en moins de temps qu'il n'en faut pour le dire.

— D'accord, accepte Filippa en reniflant.

— On a les yeux de la même couleur, signale à son tour Aïcha. Tu veux que je te passe un peu de mon khôl pour les mettre en valeur ?

— Je veux bien, oui, acquiesce encore notre nouvelle protégée.

Pendant que mes copines tourbillonnent autour de mon ex-ennemie, je sors mon jeans du sac.

— J'ai bien peur que ce ne soit le pantalon dont Constance et toi vous êtes moquées l'autre jour, l'avertis-je.

— Oh ! La tache a disparu ? s'étonne Alice.

— Oui, ma mère s'en est occupée. Elle est géniale dans ce genre de situation.

— Super ! s'exclame Filippa. Je meurs justement d'envie de l'essayer !

Mais, mais, je ne comprends pas, bégayé-je, interloquée. Vous aviez toutes l'air de le trouver tellement moche mercredi…

— Bah ! C'était par envie. La vérité, c'est qu'il te va trop bien et qu'on était jalouses. Jamais ma mère n'accepterait de m'en acheter un pareil. Tu es vraiment d'accord pour me le prêter ?

— Ben, ouais.

— C'est trop… cool ! comme tu dis. Tu es trop géniale, s'emballe-t-elle en me sautant au cou.

(Quel revirement de situation ! C'est même un peu embarrassant, qu'en penses-tu ? 😝)

— Vous êtes tellement gentilles, toutes les trois, renifle Filippa en se tournant vers les autres filles. Et moi qui ai été si moche. Je ne sais comment vous remercier.

Et voilà les larmes qui perlent de nouveau au bout de ses cils.

(Ça ne va quand même pas recommencer ! 😲)

— C'est tout naturel, voyons, assure Aïcha avec empressement. Tu fais partie de notre groupe d'élèves. Il n'y a rien de plus important que la solidarité.

— Je suis tout à fait d'accord, approuvé-je, en souriant.

(Décidément, ce pays m'aura fait vivre toutes les émotions possibles et imaginables !)

Une fois passée entre nos mains à toutes, plus une trace de larmes ne subsiste sur le visage de Filippa et elle a fière allure dans mon jeans, je dois le reconnaître. ☺

— Tadam ! *È l'arte di arrangiarsi*[1], s'enthousiasme Aïcha, pas peu fière de nos talents conjugués de maquilleuses et d'habilleuse.

1. « L'art de se débrouiller. »

— Merci encore, me glisse Filippa à l'oreille. Sans toi, cette soirée s'annonçait un véritable enfer ! Je ne sais pas comment m'excuser des méchancetés que j'ai pu te dire ou te faire depuis ton arrivée ici.

Je n'arrive pas à croire que nous sommes passées de pires ennemies à meilleures amies !

— N'y pense plus ! C'est oublié, réponds-je, soucieuse de chasser les mauvaises ondes.

— *Evviva l'amicizia*[2], conclut Alice avec son sourire de petit elfe.

18 H

Rafraîchies, pomponnées et gonflées à bloc, Aïcha, Alice, Filippa et moi sommes prêtes à affronter le monde entier. Nous faisons donc notre entrée bras dessus, bras dessous, dans la *caffetteria*. (Qui l'eût cru ce matin ?)

Un groupe de jeunes musiciens a déjà commencé à jouer dans la salle. Le rythme de la musique est endiablé. J'adore ! ☺ Les musiciens, choisis au sein de la classe de musique du lycée, ont pour mandat d'animer la réception, de l'*aperitivo* à la danse de fin de soirée. À ma stupéfaction,

2. « Et vive l'amitié ! »

c'est Andrea qui est la vedette du groupe en tant que guitariste et chanteur.

—Il sait vraiment chanter? m'écrié-je, incrédule.

—Oui, et divinement, affirme Alice avec un clin d'œil. Je sais, ça peut paraître surprenant, mais il a exactement la même voix que Troye Sivan.

—Qui?

—Troye Sivan, répète Emanuele. C'est un chanteur pop australien. Une immense star, ici. Un peu comme Justin Bieber.

—Ah bon! (Décidément, cet Emanuele sait toujours tout!)

Je n'en crois ni mes yeux ni mes oreilles.

—Andrea connaît aussi tout le répertoire de Vasco Rossi, et ça, c'est encore meilleur, reprend Elias. Alice a raison, *carina*[3], Andrea est fantastique!

—C'est vrai! confirme Aïcha.

—Oh! Mais, c'est qui, Vasco Rosso?

—Vasco Rossi, me corrige Emanuele. C'est le chanteur italien le plus génial qui soit.

—D'accord.

(Je sais, mes répliques sont nulles, mais comme je ne connais ni Vasco Rossi ni Troye Sivan, je vois

3. Mignonne.

mal ce que je peux dire d'autre. D'autant plus que je viens d'apprendre qu'Andrea est fantastique plutôt qu'insignifiant, comme je l'imaginais encore il y a dix minutes à peine. 😮)

18 H 30

Une fois n'est pas coutume, Nathaniel a fait les choses en grand, ce soir. Pas question de se mettre en file indienne devant les cuisines, plateau en main, puisque des serveurs, habillés comme pour un banquet de noces, passent entre les tables pour nous apporter de la limonade et des antipasti[4]. Tiens, voilà qu'il y a de nouveau de la place dans mon estomac ! Je sais, le pique-nique vient de se terminer, mais j'adore le *prosciutto* et, depuis que je suis ici, je ne peux pas résister à la *focaccia*, une sorte de pâte à mi-chemin entre la pâte à pain et la pâte à pizza, que l'on garnit des mêmes ingrédients que la pizza traditionnelle.

—Alors, les ploucs, on s'amuse bien ? lance Constance qui vient de s'approcher sournoisement de notre petit groupe, sans que nous l'ayons vue venir.

4. Hors-d'œuvre typiquement italien.

Comme j'ai la bouche pleine, je n'ai pas le temps de répondre, mais Elias s'en charge :

— Si tu cherches la bagarre, Constance, passe ton chemin. Nous, on a plutôt décidé de s'amuser, alors ta tête d'enterrement et tes commentaires de sorcière…

— C'est ça, fous le camp, grogne Alice.

Mais il en faut plus pour effrayer l'affreuse Constance :

— Eh bien, Filippa, tu fais copain-copain avec les nulles maintenant ? Tu n'es vraiment pas mieux que tous les autres petits compagnons d'Emanuele, tu sais ?

La lèvre tremblante, Filippa tente une réponse, mais aucun son ne sort de sa bouche.

— Tu ne trouves pas que tu vas un peu loin, Constance ? intervient Emanuele, d'une voix sévère. T'en prendre à cette pauvre Filippa alors qu'elle est non seulement ta meilleure amie, mais surtout l'invitée de tes parents.

— Je n'ai qu'un mot à dire pour qu'elle ne le soit plus, siffle l'insolente grande perche.

— Un peu d'humilité te siérait mieux, chère Constance, poursuit le garçon. Aurais-tu déjà oublié que tu as triché en copiant sur Filippa lors de tous les examens des trois derniers trimestres ? Eh oui ! Je t'ai vue ! Tiens, voilà justement le proviseur qui s'approche. J'ai bien envie de lui en glisser un mot. Je me demande quelle serait la réaction de ta mère si elle apprenait que sa fille adorée est une menteuse ET une tricheuse.

— Alors, Jules, tu t'amuses bien ? m'interroge Nathaniel, qui vient effectivement de se joindre à nous.

Une fois ma bouchée de *focaccia* avalée, je regarde en direction de Constance avant de répliquer :

— Allô, Nathaniel, je crois que Constance a quelque chose à dire qui risque de t'intéresser.

— Ah bon ! s'étonne-t-il. Que se passe-t-il donc ?

— Rien, monsieur le proviseur, s'empresse de mentir la grande perche en arborant son éternel faux sourire, j'étais simplement en train de dire à Filippa à quel point je trouve Juliette sympathique. Bonne soirée, tout le monde ! À tout à l'heure, mon amie, ajoute-t-elle à mon intention, avant de tourner les talons, non sans me glisser d'abord un message furtif à l'oreille :

— Ne faites rien avant de m'avoir donné l'occasion de te proposer un marché, chuchote-t-elle. Viens me retrouver à l'extérieur de la salle dans les prochaines minutes.

— Tout va bien alors ? s'enquiert de nouveau Nathaniel, un peu ahuri par nos petits manèges.

— Tout va bien, oui, confirmé-je en souriant. À tout à l'heure, Constance !

— Alors, jeunes filles, jeunes hommes, je vous souhaite la meilleure des soirées, déclare Nathaniel en s'inclinant cérémonieusement.

— Bonne soirée, monsieur le proviseur, répondons-nous en chœur.

Le proviseur s'étant éloigné, mes amis me questionnent impatiemment :

— Que t'a donc murmuré Constance à l'oreille ? veut savoir Elias, les sourcils froncés.

— Elle m'a demandé de la rejoindre à l'extérieur quand le proviseur serait parti. Apparemment, elle a un marché à me proposer.

— Pas question qu'on te laisse y aller seule, décrète Emanuele. Cette fille a une pierre à la place du cœur.

— Elle n'était pourtant pas comme ça lorsque je l'ai connue, l'excuse gentiment Filippa. Il me semble que c'est depuis que j'habite chez elle qu'elle a changé.

— Comment ça ? questionne Alice. Serait-elle jalouse de toi ?

— Peut-être bien, acquiesce la jeune fille. Sa maman, madame d'Aragon, a toujours été un peu froide envers elle, mais je trouve que la situation a empiré depuis mon arrivée chez eux.

— Qu'est-ce qui te fait penser ça ? s'enquiert doucement Aïcha.

— Eh bien, j'ai l'impression que sa mère a tendance à continuellement nous comparer, Constance et moi, et que cette comparaison est rarement flatteuse pour mon amie.

Elle baisse tristement les yeux et soupire.

— Si je peux continuer de l'appeler "mon amie". Madame d'Aragon dit des choses comme : "Pourquoi tes notes sont-elles si désastreuses en histoire et en maths alors que les notes de Filippa sont toujours tellement brillantes ?" Et d'autres du même genre, vous comprenez ?

— Je suis nulle en maths et en histoire, alors je te comprends très bien, approuvé-je.

— Au début, elle faisait comme si ces remarques la laissaient indifférente, mais à la longue, Constance a commencé à être de moins en moins sympa avec moi et je crois qu'elle a fini par me prendre vraiment en grippe.

— Ça doit être rudement dur pour toi, puisque tu vis chez elle, compatit Elias, désolé.

— Mais tu n'as pourtant rien à voir là-dedans, c'est trop injuste ! me révolté-je, indignée.

— Je sais, mais je ne peux m'empêcher de la comprendre, confie tristement Filippa. Ma propre mère manque aussi très souvent de tact...

Une larme perle à ses longs cils. Quant à moi, une grosse vague de compassion vient de nouveau me submerger. Dire que je passe mon temps à me plaindre de ma mère ! Je ne vais pas manquer de lui faire un gros câlin ce soir, ça c'est sûr !

— Bon, il est l'heure d'aller voir ce que veut la fille de Madame l'Ambassadrice de France, rappelle Emanuele en s'adressant à moi avec un large sourire et en me prenant galamment le bras.

— J'y vais, moi aussi ! s'écrie Alice.

— Nous aussi, approuvent en chœur Filippa, Aïcha et Elias.

18 H 45

À voir son air surpris, il est clair que Constance ne s'attendait pas à recevoir une délégation tout entière.

— Je ne me souviens pas d'avoir invité tant de monde, persifle-t-elle en s'adressant à Emanuele.

— Bon, finissons-en, Constance, veux-tu ? tranche-t-il d'un ton impatient qui ne lui est pas habituel. Tout le monde ici a fermement l'intention de s'amuser ce soir, alors sors bien vite ce que tu as à dire, qu'on puisse retourner dans la salle.

Décontenancée, Constance hésite un moment, puis se décide :

— Je veux savoir ce que vous voulez en échange de votre silence. Juliette, je peux te donner de l'argent, de quoi te procurer de nouveaux vêtements ou tout ce dont tu as envie.

Elle a prononcé le dernier bout de phrase en examinant dédaigneusement la toute nouvelle robe bleue que ma mère m'a achetée ici, à Rome, et dont je suis si fière. Cette arrogance m'agace vraiment.

— Si tu penses pouvoir m'acheter, tu te trompes, Constance, rétorqué-je. Tu t'es montrée odieuse avec moi depuis le premier jour et la façon dont tu traites Filippa, qui est pourtant ton amie, est inacceptable. Je me demande bien ce qui m'a retenue de te dénoncer avant aujourd'hui.

Ma tirade semble faire son petit effet sur la pimbêche puisqu'elle pâlit, puis verdit, avant d'avaler sa salive et de bafouiller :

— Mais, mais… que veux-tu donc, dis-moi ?

— Je veux que tu t'excuses.

— Je te présente mes excuses, s'empresse de débiter l'hypocrite.

— Pas auprès de moi, banane ! Mais auprès de Filippa, ton amie, qui est toujours là pour toi alors que tu la traites pourtant si mal.

— Auprès de Filippa ?

Elle affiche un visage déconcerté, celui de quelqu'un qui n'aurait jamais eu l'occasion d'observer, avant aujourd'hui, ce qu'on appelle la « solidarité ». Finalement, elle me fait pitié. Son cœur est sec. L'entraide, la compassion, la coopération, l'amitié, tous ces mots sont absents de son vocabulaire et elle n'en connaît probablement même pas la signification.

— Mais pourquoi je m'excuserais auprès de Filippa ? s'obstine-t-elle.

— Parce qu'elle est non seulement mon amie, mais surtout la tienne, et que tu as été épouvantable avec elle ces derniers temps.

— Elle est venue se plaindre à toi ? m'interroge-t-elle en jetant un regard mauvais à Filippa.

— Pas du tout, intervient Emanuele, tout le monde a remarqué ton attitude hautaine et le regard triste de Filippa, ces derniers temps. Ce qu'elle vit depuis le décès de son père est très difficile, l'ignores-tu ? Si tu persistes dans cette attitude, justement, personne ne voudra plus de ta compagnie et je serai le premier à te dénoncer au proviseur si Jules a trop bon cœur pour le faire elle-même. Tu triches, tu méprises les règles et tu dédaignes tes camarades. Tu n'es décidément pas le genre de personne qu'on a envie de côtoyer. Je ne serais pas surpris que le proviseur te renvoie sans ménagement quand il apprendra comment tu te conduis. On en a marre du climat malsain qui règne au lycée par ta faute. Il faut en finir, dès aujourd'hui !

— Pfff, rétorque Constance. Pour qui tu te prends ?

— Tu sais quoi, Constance ? Tu es pitoyable. Allez, allons-nous-en, nous entraîne Emanuele, l'air hautain à son tour. Laissons Madame l'Ambassadrice mijoter dans son venin et allons retrouver monsieur Radcliff et les autres.

— ATTENDEZ ! s'écrie Constance en nous voyant quitter les lieux tous ensemble.

— Et pourquoi on devrait attendre ? grommelle Alice, les sourcils froncés.

— D'accord, je... je vais m'amender, promet Constance. Filippa, je te fais mes plus plates excuses. Je... tu ne mérites pas que je te traite si mal.

— Tu penses réellement ce que tu dis ? questionne Filippa.

— Oui. Ce qu'il y a, c'est que mes parents n'en ont que pour toi depuis ton arrivée chez nous.

Sa voix est teintée d'autant de peine que de hargne. Elle est blessée, elle aussi, ça semble évident maintenant.

— Oh ! mon amie, comment peux-tu dire une chose pareille ? s'exclame Filippa en lui touchant le bras avec affection. Tes parents t'adorent ! Tu es la prunelle de leurs yeux. Ils me portent une grande attention parce qu'ils pensent que c'est la bonne façon d'agir face au comportement de ma mère. Toi et moi, on est amies depuis la petite enfance. Je t'aime et je t'admire depuis toujours. Jamais je n'essaierai de te faire ombrage ou de voler quoi que ce soit qui t'appartienne, voyons.

— Vraiment, tu es sincère ? insiste Constance, en voie de fondre devant la gentillesse de son amie.

— Absolument, assure Filippa.

— Bon, bien, je crois que ces deux-là ont besoin d'intimité pour s'expliquer, alors je suggère que nous nous retirions, intervient cérémonieusement Elias.

— Bonne idée, acquiesce Emanuele. Tu viens, Jules ?

— Alors, je peux compter sur votre discrétion ? s'inquiète Constance.

— À quel sujet ? réplique Emanuele, sarcastique.

— Allez, tu sais très bien, marmonne Constance en grimaçant.

— Ils ne diront rien, compte sur moi, affirmé-je.

— Mais que je ne revoie plus jamais Filippa triste comme aujourd'hui ! menace Emanuele.

— Ça va, j'ai compris ! Passe ton chemin, on se débrouillera très bien sans toi ! ne peut s'empêcher de riposter Constance.

— Toujours aussi charmante ! Je t'adore, Constancia, plaisante Emanuele, moqueur.

Elle lui fait la grimace et nous éclatons tous de rire. Impayable Constance !

Quant à moi, je me demande s'il reste quelque chose à manger ! Les émotions m'ont toujours creusé l'appétit.

19 H

Lorsque le soleil est couché, l'éclairage feutré diffusé par les lustres anciens de la salle à manger donne au lieu une atmosphère de château de conte de fées. Les immenses tables ont été repoussées le long des murs et le centre de la pièce s'est transformé en piste de danse. Je cligne des yeux, pensant rêver.

Alice, aussi excitée qu'une puce, se jette littéralement sur la piste, entraînant Elias avec elle. En regardant mon amie sautiller aussi allègrement qu'une sauterelle dans les bras de son prétendant, je me dis que, ça y est, me voilà réellement plongée au beau milieu d'un film fantastique. Je souris. J'ai envie de faire la folle et de danser, moi aussi !

— Veneeez ! On va faire la fêêête, crient Alice et Elias avec de grands gestes nous encourageant à les rejoindre.

— Tu as envie de danser ? m'invite Emanuele.

— Je n'attends que ça, avoué-je en riant.

— Je viens aussi ! s'enthousiasme Aïcha.

Yahooou ! Cette soirée s'annonce mémorable, parole de Jules !

20 H

Pendant la pause des musiciens, la musique enregistrée prend le relais. En sueur, mais arborant un visage heureux que je ne lui ai jamais vu, Andrea descend de scène pour aller rejoindre Claudia, Constance et le reste de sa bande. Je ne peux m'empêcher de tendre le bras pour l'arrêter.

— Pas si vite, je veux te parler, l'interpellé-je.

— Que me veux-tu ? se méfie-t-il.

— Je… je tiens à m'excuser pour hier, cafouillé-je. Je… n'ai pas été très gentille.

Le regard qu'il me jette n'est ni vexé ni belliqueux, mais plutôt amusé.

— Je ne suis pas certain de mériter d'être traité de "crétin", en effet, reconnaît-il en souriant. En fait, comme tu vis en Amérique et que tu semblais très bien connaître l'endroit où se situait l'action de ce fameux film dont parlait le prof, j'ai tout naturellement pensé que ça se passait chez toi. Je me suis trompé. Ce n'était pas bien grave. Mais toi, qu'est-ce que tu es susceptible, dis donc ! Oh là là ! C'est grave.

Joignant le geste à la parole, il secoue la main d'un air entendu, souriant de toutes ses dents.

— Pardonne-moi, insisté-je, penaude. Mes paroles ont dépassé ma pensée et, c'est bien vrai, tu ne méritais certainement pas que je te traite de crétin. Qu'est-ce que que je peux faire pour que tu oublies cet incident ?

— Accepter de danser avec moi sur cette chanson, soumet-il, un sourire aux lèvres.

😮 Ah, ça ! Je m'attendais à tout, sauf à cette proposition ! D'autant plus que la chanson en question est un... slow.

— D'accord !

J'ai répondu sans trop réfléchir, et c'est sous le regard médusé de Claudia que je suis Andrea jusqu'au plancher de danse. Jamais je n'aurais cru possible de me retrouver dans cette drôle de situation. La vie nous réserve bien des surprises ! On a trop souvent tendance à oublier que les revirements de situation sont monnaie courante. Cette journée était sans conteste vouée à me servir de leçon, pensé-je. Dire qu'il y a deux jours à peine, je pleurais et me sentais désespérée....

20 H 05

Une main derrière la nuque d'Andrea et l'autre entourant sa taille, j'essaie de garder la tête froide. Ouais, je sais que ce n'est pas comme cela qu'on danse un slow d'habitude, mais quelqu'un a eu la drôle d'idée de tamiser les lumières et, comme je ne veux pas qu'il s'imagine que je le confonds avec Justin Bieber (ou, pire, avec mon petit ami), je n'ose pas mettre mes deux bras autour de son cou.

Mon séjour à Rome s'achève ce soir. Demain (déjà !), ma mère et moi retournerons à la maison et notre vie à Québec reprendra son cours... jusqu'au prochain voyage. Il me tarde de revoir mes amis pour leur raconter les péripéties de mon séjour en Italie, et tout ce que j'y ai appris.

— Tu danses rudement bien ! me complimente Andrea.

— Merci, réponds-je en rougissant, incapable de trouver quelque chose de plus cool à ajouter.

— Il paraît que tu t'en vas demain. Tu retournes au Canada ?

— Euh... oui. (Toujours aussi géniale comme réplique ! Mais, pourquoi ai-je l'impression que

mon esprit se vide automatiquement chaque fois qu'un beau garçon m'adresse la parole ? Ça t'arrive à toi ?)

— C'est bien dommage. Je sens que tu vas manquer à plusieurs d'entre nous.

— ... (Ai-je vraiment bien entendu ce qu'il vient de dire là ? 😲)

20 H 10

À ma grande stupeur, Andrea n'est pas du tout comme je l'imaginais. Il a bien sûr la mâchoire qui avance un peu, ce qui contribue à lui donner un air arrogant, mais il ne l'est pas du tout, en vérité. (Puisque je te le dis !) Au contraire, il est curieux, drôle et très bon danseur, de surcroît. Il me pose plein de questions, s'amuse de mes blagues et me fait rire avec ses mots d'esprit. En fait, sa compagnie me plaît tant que je regrette de ne pas avoir eu l'occasion de mieux le connaître avant ce soir. Voilà qui m'apprendra à juger les gens dès le premier contact ! Sous les regards égayés de nos copains respectifs, nous dansons sur trois chansons d'affilée et c'est presque à regret que je le laisse rejoindre les autres musiciens, une fois la pause terminée.

20 H 15

—Alors, me taquine gentiment Aïcha, il n'est pas si mal finalement, Andrea, hein ?

Je rougis de nouveau, embarrassée par toute l'attention suscitée par une petite danse de rien du tout.

—Il n'est pas aussi bien que mon chum, mais tu as raison, il n'est pas si mal que ça finalement ! admets-je.

Bon, là, c'est le moment de faire diversion avant que le malaise ne s'installe. Je ne vais tout de même pas me laisser gagner par la nostalgie et suggérer à maman de passer une autre semaine dans ce lycée !

— On retourne danser tous les cinq ? suggéré-je.

— Ouiiii ! se réjouissent mes amis.

21 H 30

Nous avons fait la fête jusqu'à 21 h. Je sais, chez nous, il serait impensable de terminer un party[L] à une heure pareille. Pourquoi si tôt un vendredi soir ? Il semble que, pour les Italiens, le repas du soir, en famille, autour de 21 h 30, soit sacré ! Je ne peux pas croire que mes amis rentrent chez eux pour dîner après ce que nous avons mangé toute la journée ! Je trouve cela trop dommage, mais c'est fou ce que nous nous sommes amusés.

Lorsque les lumières se sont rallumées, le petit groupe qu'Emanuele, Aïcha, Alice, Elias et moi formions s'était enrichi d'Andrea, Filippa, Constance et même de Claudia qui a fini par me dire :

— Tu pars vraiment demain ? Zut, et moi qui commençais tout juste à m'habituer à toi et à tes tenues bizarres !

Inimitable Claudia ! Je n'arrive pas à lui en vouloir. Elle est tellement snob et coincée que ses tenues doivent être classées dans sa garde-robe en ordre alphabétique. Je suis persuadée qu'elle vouvoie ses propres parents à l'heure du petit-déjeuner. Autant en rire ! ☺

Je ne suis pas près d'effacer de ma mémoire ce que j'ai vécu ici. Au moment des adieux, j'ai versé plus de larmes que lorsque je me sentais si seule et abandonnée, il y a deux jours à peine. Aïcha, Alice, Emanuele, Elias et tous les autres, jamais je ne les oublierai ! Nous nous sommes promis de nous écrire, de rester en contact. J'ai même juré à Nathaniel de revenir un jour... Mais les émotions, ça creuse et puisque tout le monde est parti manger, je crois que je ne dirais pas non à de bons spaghettis !

Ma mère est arrivée à 21 h 15 tapantes.

Dans le métro qui nous ramène à la maison, je lui raconte tout ! Je lui fais le récit de mes premiers jours au lycée Chateaubriand, je lui parle des vexations subies, je lui confie le cauchemar que j'ai traversé, le désespoir ressenti... Elle devient si blanche que j'ai peur qu'elle ne s'évanouisse.

— Poussinette ! Je ne peux pas croire que tu aies vécu tout cela sans m'en parler !

— M'man-an !

— Quoi ?

— As-tu déjà oublié que tu as promis de m'appeler par mon prénom ?

— Euh... Oui... Enfin, non ! Oh ! ma Julieeette ! Je suis si triste d'apprendre que tu as affronté cette épreuve toute seule !

Elle a les larmes aux yeux ! Ça va être le déluge si je ne fais pas quelque chose.

— Mais puisque je te dis que ça s'est super bien terminé, m'man !

— Mais pourquoi, pourquoi avoir gardé tout cela pour toi ?

Elle écarquille les yeux comme si on venait de lui apprendre que les éléphants ont une trompe...

— Tu veux vraiment savoir la vérité ?

— Mais bien sûr !

— Je ne t'en ai pas parlé parce que j'avais peur que tu ne viennes faire un scandale au lycée. J'étais effrayée à l'idée de perdre définitivement la face et de devoir retourner quand même là-bas le lendemain.

— Tu t'es donc sentie seule à ce point, ma pauvre... petite Juliette. (Éliminer les « -ette », quel combat ! ☺)

— Ben, j'en ai parlé à Gino et à Gina...

Elle avale sa salive, vexée.

— Tu as très bien fait. Mais tu aurais quand même dû en parler aussi avec un adulte. Toute forme d'intimidation doit être dénoncée, Juliette ! Le meilleur ami des agresseurs est le silence. Cette histoire s'est bien terminée, Dieu merci ! Mais il aurait pu en être autrement. Je veux que tu me jures solennellement de m'en parler, la prochaine fois que tu rencontres un problème de ce genre, ou d'aller trouver un autre adulte en qui tu as confiance. Que tu sois la personne intimidée ou qu'il s'agisse de quelqu'un d'autre. Tu comprends ce que je te dis ?

— Mais puisque je te répète que ce n'est rien, m'man !

— Cette histoire aurait pu se révéler tragique, ma chérie. Chaque année, l'intimidation fait des milliers de victimes, rien que chez nous. Je ne rigole pas. Promets-moi que tu en parleras.

— D'accord, je te le promets.

Je trouve qu'elle en fait trop, mais il est vrai que j'ai entendu des histoires bien plus terribles que la mienne. Je frissonne tandis qu'elle sourit et m'embrasse, sans doute rassurée par ma promesse.

— Nous devons constamment nous adapter pour trouver notre équilibre, tout au long de l'existence, mais rien ne nous oblige à le faire tout seuls, sans l'aide de ceux qui nous aiment ! conclut-elle.

22 H

En remplissant ma valise, je m'aperçois que Filippa n'a pas eu le temps de me rendre mon jeans... Je repense aux événements des derniers jours et à ma conversation avec ma mère. Déjà, je sais que je ne serai jamais plus la même ! Cette soirée, ce pays, ce voyage, ont complètement transformé ma façon de voir le monde ! Je me sais plus forte et plus sage que jamais auparavant. À Rome, j'ai vaincu l'ennemi, bien sûr, et je me suis une fois encore fait de nouveaux amis qui me manqueront cruellement lorsque je serai de retour à Québec, mais surtout, j'ai dépassé mes propres limites et j'ai grandi à l'intérieur.

Demain, je retrouverai Gino, Gina et mes autres copains. Lundi matin, monsieur Cayer, mon professeur d'histoire, et tous les autres piliers de mon quotidien m'attendront de pied ferme à l'école. C'est très bien. En Italie, j'ai compris non seulement l'importance de savoir que l'on compte pour quelqu'un, mais aussi celle de se sentir accepté, de se sentir chez soi, de faire partie d'un tout. Toi, oui, toi qui me lis, s'il t'arrive un jour de vivre une situation difficile, je t'en prie, partage tes soucis avec quelqu'un. Même si tu as l'impression d'être seule ou isolée, n'essaie pas de tout régler par toi-même. Demande de l'aide ! Dans mon for intérieur, dans mon cœur, j'ai compris de mon côté que certains problèmes nécessitent qu'on soit épaulée afin de trouver la meilleure des solutions. Tu me le promets ? ☺

En attendant, répète après moi : *Viva Italia !*

Sur les pas de Juliette

MINIGUIDE DE TA VISITE À ROME

On surnomme Rome la « ville éternelle ». Cette étiquette fait référence au fait qu'elle fut fondée il y a bien longtemps et que nombre de ses vestiges archéologiques sont encore debout, près de 2 000 ans plus tard. Ici, les monuments historiques et les ruines subsistent en parfaite harmonie avec ses bâtiments plus contemporains qui abritent les appartements où grandissent les jeunes Romains.

Si les musées te semblent souvent sombres, tu ne risques pas d'avoir cette impression à Rome parce que la plupart des sites intéressants à découvrir sont en plein soleil. Comme la température est douce toute l'année, et que la pluie s'avère rare, tu devrais apprécier ton séjour rien qu'en te promenant à travers le dédale des rues pavées de pierres millénaires. En passant, la plupart des Romains sont vraiment gentils et accueillants, et ils se font généralement un plaisir d'indiquer le chemin aux touristes égarés. ☺

Tu sais sans doute que Rome est la capitale de l'Italie. Selon moi, c'est l'une des plus belles cités qui soit au monde, mais savais-tu que plus de 4 millions de personnes vivent dans son agglomération urbaine ? C'est beaucoup ! La métropole est la troisième destination touristique d'Europe après Paris et Londres. Mais ce qui la distingue, c'est surtout que son histoire s'étend sur plus de 28 siècles, depuis sa fondation présumée, en 753 av. J.-C. C'est presque une ville-musée, mais elle est bien vivante. Enfin, elle a la particularité de contenir un État enclavé dans son territoire : la Cité du Vatican (Città del Vaticano). Viens que je t'indique tout ce qu'il y a à voir et à découvrir !

ARRIVER À ROME ET SE RENDRE DANS LE CENTRE

Dans la plupart des cas, tu atteindras la ville en arrivant à l'aéroport international Léonard-de-Vinci, situé à Fiumicino, près de Rome (aeroporto Leonardo da Vinci di Fiumicino).

L'aéroport se trouve à une trentaine de kilomètres du centre. Tous les terminaux sont reliés à une gare d'où partent des trains à destination de la gare Termini. Des bus et des navettes sont aussi disponibles. La gare Termini est en plein centre de Rome. Nombre d'hôtels se situent tout près, à pied, et un taxi au départ de la gare ne devrait pas coûter plus de quelques euros si vous avez choisi de résider dans le quartier.

MONNAIE

L'euro a remplacé la lire italienne, l'ancienne unité monétaire du pays, en 2002. Il existe sept billets arborant les douze étoiles de l'Union européenne. Le plus petit est celui de 5 euros, de couleur grise, suivi du billet de 10 euros, qui est rouge, du billet bleu de 20 euros, du billet orange de 50 euros, du billet vert de 100 euros, de celui de 200 euros, brun-jaune, et enfin, de celui de 500 euros, qui est violet. Les pièces de monnaie sont également au nombre de 8 : celles de 2 euros, 1 euro, 50 centimes, 20 centimes et 10 centimes sont dorées, tandis que celles de 5 centimes, 2 centimes et 1 centime sont de couleur bronze.

SE DÉPLACER

Comme c'est souvent le cas dans les grandes villes, en raison de l'intense circulation, la voiture est sans doute le moyen le moins efficace pour qui veut se déplacer rapidement et facilement. En revanche, les transports en commun romains comprennent de nombreux bus, six lignes de tramway et deux lignes de métro (A et B, qui se croisent à la gare Termini). Tu peux télécharger le plan du réseau en consultant cette adresse : *http://www.rome-roma.net/info/metro-et-bus-a-rome-transports-en-commun/*

On achète les billets dans les kiosques à journaux et les bars à tabac (*tabaccherie*), ainsi qu'aux billetteries automatiques des stations de métro.

VISITER

Cernée par sept collines, Rome est située dans la région du Latium, au centre de l'Italie, à l'embouchure du Tibre, un fleuve qui se jette dans la mer Tyrrhénienne. La ville bénéficie d'un climat méditerranéen. Les hivers y sont doux (la température ne descend généralement pas sous la barre du 0 °Celsius) et les étés y sont très chauds. Si le printemps et l'automne demeurent les meilleurs moments pour la visiter, les touristes sont au rendez-vous toute l'année. Songe seulement qu'elle attire les voyageurs et les pèlerins depuis le Moyen Âge ! Un grand nombre de parcs, de magnifiques points de vue et d'extraordinaires monuments les y attendent. Voici un aperçu de mes sites préférés. ☺

Le Colisée

Vieux de près de 2 000 ans, le Colisée (Colosseo, en italien) est le plus grand amphithéâtre jamais construit à Rome, et l'une des plus impressionnantes œuvres de l'architecture et de l'ingénierie de l'Antiquité romaine. Sa construction a commencé entre 70 et 72 ap. J.-C., sous l'empereur Vespasien, et s'est terminée en 80, sous le règne de l'empereur Titus. Il est situé en plein centre de la ville et est très facilement accessible à pied, en bus ou en métro. Il est si beau ! Tu l'adoreras ! Conçu pour mettre en valeur les gladiateurs et contenir entre 50 000 et 75 000 spectateurs, on y présentait notamment des spectacles publics, des reconstitutions de batailles et des exécutions de condamnés à mort. Il a été en service jusqu'au VIe siècle. Bien qu'il ait été endommagé par les tremblements de terre et qu'il trône dorénavant au beau milieu de la circulation automobile, il tient encore bien debout. Il est ouvert au public tous les jours, sauf le 25 décembre et le 1er janvier, de 9 h du matin jusqu'à la tombée de la nuit.

Il est situé piazza del Colosseo. Pour en savoir plus, consulte la version française de cette page internet : *http://www.il-colosseo.it/*

Le parc du Colle Oppio

Aménagé tout près du Colisée, ce parc est mon préféré pour le calme qu'il inspire, au beau milieu du centre historique et touristique de Rome. De plus, il héberge plusieurs vestiges importants de l'Antiquité, dont les thermes de Trajan et, surtout, la Domus Aurea, la fameuse « maison dorée », une somptueuse demeure que l'empereur Néron fit construire après l'incendie de Rome, et dont les murs intérieurs étaient, paraît-il, dorés à la feuille d'or. Wow ! Enfin, depuis ce parc, la vue du Colisée est magique !

La *Bocca della Verità*

La *Bocca della Verità*, la « Bouche de la Vérité », est une sculpture en marbre représentant un visage humain barbu. Aussi ronde que plate, elle fut probablement conçue à l'origine, au Moyen Âge, pour servir de bouche d'égout. Depuis le XVIIe siècle, elle est accrochée au mur du vestibule de l'église Santa Maria in Cosmedin, où les touristes les plus courageux font la queue pour plonger la main dans le trou béant représentant la bouche. Selon la légende, en effet, la sculpture a le pouvoir de happer la main de ceux qui cultivent le mensonge. Amusant, non ? ☺ Considérée comme l'une des grandes curiosités de la ville, elle attire des milliers de personnes chaque année. L'entrée est gratuite. L'intérieur de l'église vaut aussi une visite.

Santa Maria in Cosmedin est située en face de la petite piazza du même nom, au sud du Colisée. La piazza Santa Maria in Cosmedin, qui a déjà été le lieu d'un marché aux bœufs, loge aujourd'hui la fontaine des Tritons ainsi qu'un petit temple dédié à Hercule.

Le Largo di Torre Argentina

La place du Largo di Torre Argentina n'a rien à voir avec l'Argentine natale de mon Gino. ☺ Son nom vient plutôt du mot latin *Argentoratum*, qui veut dire Strasbourg. Elle présente en son centre une aire sacrée où ont été mises à découvert les ruines de quatre anciens temples, dont le plus vieux daterait du début du IIIe siècle av. J.-C. On raconte que c'est sur ce site que Jules César perdit la vie, après avoir été poignardé. Brrr... De nos jours, l'endroit sert plutôt de refuge à des chats sans abri. Insolite et charmant, non ? Moi, j'adore. Il est possible de rendre visite aux félins et même de les caresser. Les bénévoles de la Colonia Felina Torre Argentina, un organisme sans but lucratif, nous accueillent tous les jours, entre midi et 18 h. Les dons sont les bienvenus. L'entrée est située à l'intersection de via Florida et via di Torre Argentina.

Pour en savoir plus, consulte cette page (en anglais):

http://www.romancats.com/torreargentina/en/introduction.php

Via di Torre Argentina, 40

La fontaine de Trevi

Rome est la ville des fontaines puisqu'elle en possède plus de 2 000. On en découvre littéralement dans tous les parcs et au cœur de presque toutes les places. De quoi abreuver pas mal d'oiseaux! Cependant, la fontaine de Trevi est sans doute la plus célèbre au monde, parole de Jules. Les touristes accourent par milliers pour la voir. Inaugurée en 1762, elle est énorme et il a fallu 30 ans pour la construire. La niche principale, en son centre, abrite une sculpture de Neptune, le dieu des Océans. La tradition veut que l'on y fasse un vœu en jetant une pièce de monnaie de la main droite, le dos tourné à la fontaine. Il semble que cette coutume se soit de nos jours étendue aux fontaines du monde entier.

Elle est située piazza di Trevi. Pour en savoir plus, rends-toi à cette adresse: *http://www.rome-roma.net/fontaine-de-trevi.html*

Le quartier du Trastevere

Le quartier du Trastevere ressemble à un village de carte postale, en pleine ville de Rome. Ce dédale de jolies ruelles s'étend tout autour de la piazza de Santa Maria in Trastevere, de la fontaine et de l'église du même nom, de l'autre côté du Tibre. D'ailleurs, il semble que *trastevere* signifie « au-delà du Tibre ». En tout cas, s'y épanouissent d'adorables petites boutiques, et autant de restaurants et de terrasses dont les décors fleuris et romantiques font rêver. C'est un quartier à parcourir absolument, autant pour y manger que pour y flâner ! Pour s'y rendre, le mieux est de prendre le bus ou le tramway.

Le Janicule

Le Janicule est une colline. Même si celle-ci ne fait pas partie des sept fameuses collines de Rome, elle vaut le déplacement pour la promenade ainsi que pour le spectaculaire point de vue sur la ville et la campagne environnante qu'offre son sommet. Allez, un peu de courage, on grimpe !

Le parc de la Villa Borghese

Immense, le parc de la Villa Borghese a la forme d'un cœur. C'est craquant, non ? Il abrite non seulement des pins parasols, des fontaines, des jardins, des pelouses et un lac artificiel, mais aussi trois musées, dont la Galleria Borghese, regorgeant d'œuvres d'art, ainsi qu'un petit zoo (le Bioparco di Roma). On peut s'y promener à pied, mais le découvrir à bicyclette est l'idéal, compte-tenu de sa taille. Il s'agit en effet du plus grand parc public de Rome et du lieu de promenade favori des Romains, le week-end !

Le Vatican

La Cité du Vatican est un petit État littéralement enclavé dans le territoire italien. Il s'agit d'un « pays » dont la richesse immense est sans commune mesure avec la taille ! C'est aussi le siège du pouvoir du pape, le Saint-Père de l'Église catholique. La protection de la Cité est assurée par la Garde suisse (Guardia svizzera), la plus ancienne et la plus petite armée du monde. L'État fait moins d'un kilomètre carré et ne compte que quelques centaines d'habitants. Il abrite cependant certains des lieux parmi les plus visités de la planète, dont la place Saint-Pierre (piazza San Pietro), qui accueille les pèlerins, la basilique Saint-Pierre, premier temple de l'ère chrétienne, de riches musées foisonnant de chefs-d'œuvre d'une valeur inestimable, et les jardins du Vatican. Il possède aussi un bureau de poste. Acheter un timbre et poster une lettre depuis le plus petit État de la Terre est un *must* à mon avis ! Qu'en penses-tu ?

La chapelle Sixtine

La fameuse chapelle Sixtine, ou Cappella Sistina, est célèbre entre autres parce que sa voûte est l'œuvre la plus grandiose de Michel-Ange, un peintre et sculpteur italien du début du XVIe siècle. Elle est située à l'intérieur d'un des palais pontificaux du Vatican. La fameuse voûte centrale se divise en neufs panneaux illustrant la création du monde, inspirés de la Genèse. Attention ! Il est interdit de la prendre en photo.

MICHEL-ANGE

Michelangelo di Lodovico Buonarroti Simoni, ou Michel-Ange, en français, est né à Caprese, en Italie, en mars 1475. Il était sculpteur, peintre, architecte, poète et urbaniste. En tant qu'architecte, il a conçu le dôme de la basilique Saint-Pierre de Rome. Mais c'est surtout en tant que peintre et sculpteur qu'il a acquis sa renommée, puisque nombre de ses créations sont reconnues comme de véritables chefs-d'œuvre. Parmi ceux-ci, tu as peut-être entendu parler de la statue de David ou du plafond peint de la chapelle Sixtine, réalisé entre 1508 et 1512. On dit que Michel-Ange, qui a perdu sa mère à l'âge de six ans, aurait embrassé une profession artistique malgré la désapprobation de son père. Grand bien lui fit puisqu'il demeure l'une des figures marquantes de son siècle. De son vivant, on lui portait déjà une grande admiration et son œuvre a influencé considérablement le travail de ses successeurs. Il est décédé à Rome, en pleine gloire, en février 1564.

MANGER

Pour mon plus grand plaisir, l'Italie est le royaume des pâtes et de la pizza. Leur variété est plus que réjouissante ! Savais-tu qu'il existe plus d'une centaine de variétés de pâtes alimentaires différentes ? Et il y a presque autant de variantes possibles sur le thème de la pizza. Malgré cela, une multitude d'autres délicieux mets doivent être goûtés ici, comme les charcuteries et le fromage mozzarella, par exemple, ou encore les innombrables saveurs de glaces. Miam ! Je n'en reviens toujours pas. Fais-moi plaisir, permets-toi de goûter à des aliments que tu n'as jamais testés auparavant. Tu risques d'être surprise. ☺

Mes bonnes adresses

Taverna dei Quaranta

Ce restaurant familial, situé tout près du Colisée, est surtout fréquenté par des habitués du quartier. Cela ne gâche rien, bien au contraire. La cuisine y est absolument divine ! Le décor, typiquement romain, est aussi vraiment joli. Je te recommande cette adresse sans hésitation, en particulier à l'heure du souper.

Via Claudia, 24
www.tavernadeiquaranta.com

Pizzeria La Cuccuma

Cette pizzeria sans prétention est aussi une cafétéria et tous les plats peuvent être emportés. On y sert entre autres de la pizza *al taglio*, c'est-à-dire au poids, à très bon prix. Le service est empressé et efficace, et tous les mets sont délicieux. C'est une adresse parfaite pour qui veut bien manger, même sur le pouce. Si tu le désires, on te taillera un morceau de pizza bien carré, de la taille que tu voudras. Comme moi, tu iras peut-être pique-niquer dans le parc du Colle Oppio, tout près ?

Via Merulana, 221

Ristorante Carlo Menta

Ce restaurant présente l'avantage d'offrir de tout, en grosses portions, et à prix très abordable. En plus, il est situé en plein cœur du ravissant quartier Trastevere. Le lieu parfait pour sortir en famille. Maman tenait donc absolument à ce que je partage avec toi cette adresse ! En passant, leur pizza *margherita* (tomates et mozzarella) est absolument délicieuse. ☺

Via della Lungaretta, 101

LEXIQUE FRANÇAIS-ITALIEN DE VOYAGE

FRANÇAIS	ITALIEN
Oui	Sì
Non	No
Monsieur	Signore
Madame	Signora
Mademoiselle	Signorina
Jeune fille	Ragazza
Garçon	Ragazzo
Bonjour	Buon giorno
Bonsoir	Buona sera
Bonne nuit	Buona notte
Au revoir	Arrivederci
Excusez-moi	Scusi
S'il vous plaît	Per favore
Merci	Grazie
Merci beaucoup	Grazie mille
D'accord	D'accordo
Pouvez-vous me dire… ?	Può dirmi… ?
Avez-vous… ?	Lei ha… ?
Je ne comprends pas	Non capisco
Parlez-vous français ?	Si parla francese ?
Combien coûte… ?	Quanto costa… ?

Quelle heure est-il ?	Che ora è ?
Où ?	Dove ?
Allons-y !	Andiamo !
À droite	A destra
À gauche	A sinistra
Lundi	Lunedì
Mardi	Martedì
Mercredi	Mercoledì
Jeudi	Giovedì
Vendredi	Venerdì
Samedi	Sabato
Dimanche	Domenica
Aujourd'hui	Oggi
Hier	Ieri
Demain	Domani
Année	Anno
Jour	Giorno
Mois	Mese
Semaine	Settimana
Matin	Mattina
Midi	Mezzogiorno
Après-midi	Pomeriggio
Soir	Sera
Zéro	Zero
Un, une	Uno, una
Deux	Due
Trois	Tre
Quatre	Quattro
Cinq	Cinque
Six	Sei

Sept	Sette
Huit	Otto
Neuf	Novc
Dix	Dieci
Quinze	Quindici
Cinquante	Cinquanta
Cent	Cento
Mille	Mille

UN PEU D'HISTOIRE

Capitale de l'Empire romain, puis de la chrétienté et de l'Italie, Rome est un incontournable de l'histoire de notre civilisation et exerce depuis toujours un irrésistible attrait sur les voyageurs avides de culture. C'est que la richesse archéologique de la ville en fait un véritable musée à ciel ouvert. Comme le dit l'expression, « Rome ne s'est pas bâtie en un jour ». La mythologie romaine prétend qu'en l'an 753 av. J.-C., Romulus fonda Rome et traça les limites de la ville en creusant un sillon avec une charrue. Toujours selon la légende, son frère jumeau, Rémus, se moqua de lui en sautant par-dessus le sillon. Furieux, Romulus l'aurait tué en prononçant ces mots : « Ainsi périsse quiconque, à l'avenir, franchira mes murailles ! » Oh là là ! Ça ne commençait pas très bien… 😛 Mais ça s'est amélioré par la suite, ne t'en fais pas !

L'histoire de Rome est longue et complexe, tu l'auras compris. Tu trouveras, plus loin, une brève chronologie.

CHRONOLOGIE

800 av. J.-C.	Les Étrusques vivent sur le territoire romain.
753 av. J.-C.	Fondation de la ville par Romulus, premier roi de Rome, selon la légende.
509 av. J.-C.	Naissance de la République romaine. Le gouvernement républicain repose sur l'équilibre des pouvoirs, partagés entre les différentes institutions : Sénat, magistratures et assemblées populaires.
264 av. J.-C.	Premiers combats de gladiateurs à Rome.
100 av. J.-C.	Naissance de Jules César.
44 av. J.-C.	Assassinat de César.
0	Naissance présumée de Jésus-Christ.
64	Grand incendie de Rome.
80	Fin de la construction du Colisée.
326	L'empereur Constantin fait construire, sur les lieux présumés du martyre de saint Pierre, la basilique Saint-Pierre de Rome.

476	Invasion de Rome par les barbares, événement qui marque la chute de l'Empire romain d'Occident et la fin de l'Antiquité.
1475	Naissance de Michel-Ange.
1508 à 1512	Décoration par Michel-Ange du plafond de la chapelle Sixtine.
1762	Inauguration de la fontaine de Trevi.
1564	Décès à Rome du sculpteur, peintre, architecte et poète italien Michel-Ange.
1870	Le roi d'Italie, Victor-Emmanuel II, prend Rome et la déclare nouvelle capitale du Royaume d'Italie.
1929	Les accords du Latran établissent le Vatican en tant qu'État.
1936	Adolf Hitler et Benito Mussolini annoncent leur alliance.
1939	Début de la Seconde Guerre mondiale.
1940	Entrée en guerre de l'Italie.
1944	Entrée des troupes alliées à Rome.
1960	Inauguration de l'aéroport de Fiumicino et tenue des Jeux olympiques d'été.
2002	Adoption de l'euro en tant que monnaie officielle en remplacement de la lire italienne.
20xx	Visite de Juliette Bérubé.
20xx	Ta visite.

QUESTIONNAIRE

Te voilà prête à partir pour Rome ? Fais quand même le test avant ton départ, histoire de vérifier si tu as bien assimilé tous les renseignements nécessaires. ☺

1. L'année 64 après Jésus-Christ a été marquée par un événement célèbre dans l'histoire de Rome. De quoi s'agit-il ?

a. L'inauguration du Colisée
b. La décoration du plafond de la chapelle Sixtine
c. Les Jeux olympiques
d. Le grand incendie de Rome

2. Trouve l'intrus parmi les célèbres personnages suivants :

a. Jules César
b. Michelangelo Buonarroti
c. Néron
d. Jacques Cartier

3. Dans quelle mer se jette le Tibre, le fleuve traversant la ville de Rome?

a. La mer Noire
b. La mer Caspienne
c. La mer Morte
d. La mer Tyrrhénienne

4. Quel est le surnom de la ville de Rome?

a. La Ville lumière
b. La ville éternelle
c. La *città de la pizza*
d. La *bella città*

5. Qu'est-ce que le Parco di Colle Oppio?

a. Un stationnement situé près du Colisée de Rome
b. Le parc préféré de Juliette à Rome
c. L'ancienne résidence de Jules César
d. Un monastère de récollets

6. Combien existe-t-il environ de variétés de pâtes alimentaires en Italie?

a. Une centaine
b. Près de deux cents
c. Une cinquantaine
d. Environ vingt-cinq

7. La jolie piazza Santa Maria in Cosmedin a déjà hébergé un marché. Quel genre de marché était-ce ?

a. Un marché aux bœufs
b. Un marché d'esclaves
c. Un marché de volailles
d. Un marché d'armures pour gladiateurs

8. Quelle était l'espérance de vie moyenne des gladiateurs ?

a. 33 ans
b. 43 ans
c. 13 ans
d. 23 ans

9. Qui a peint le plafond de la chapelle Sixtine ?

a. Léonard de Vinci
b. Michel-Ange
c. Pablo Picasso
d. Amedeo Modigliani

10. Parmi ces métiers attribués à Michel-Ange, quel est l'intrus ?

a. Architecte
b. Peintre
c. Musicien
d. Sculpteur

11. Sur combien de siècles s'étend l'histoire de Rome ?

a. 4
b. 10
c. 20
d. 28

12. Quelle est la monnaie utilisée à Rome ?

a. La lire italienne
b. L'euro
c. Le franc italien
d. La livre sterling

Réponses en page 259

Ton carnet de visite

Date: ______________________ **Météo:** ______________

Visites du jour: ____________________________________

____

____

____

____

Avec qui? ____

Tes impressions: __________________________________

____

____

____

____

____

____

____

____

____

____

____

Date: ______________ **Météo:** ______________

Visites du jour: ______________

Avec qui? ______________

Tes impressions: ______________

Date: ______________________ **Météo:** ______________

Visites du jour: ____________________________________

____

____

____

____

Avec qui? ____

Tes impressions: ____________________________________

____

____

____

____

____

____

____

____

____

____

____

____

____

____

Date: ____________ **Météo:** ____________

Visites du jour: ____________

Avec qui? ____________

Tes impressions: ____________

Date: ____________________ **Météo:** ______________

Visites du jour: ________________________________

____

____

____

____

Avec qui? ______________________________________

Tes impressions: ________________________________

Date: ____________________ **Météo:** ______________

Visites du jour: ______________________________

Avec qui? ______________________________

Tes impressions: ______________________________

Date: ______________________ **Météo:** ______________

Visites du jour: ______________________________

Avec qui? ______________________________

Tes impressions: ______________________________

Date: ______________________ **Météo:** ______________

Visites du jour: ________________________________

____

____

____

____

Avec qui? ________________________________

Tes impressions: ________________________________

____

____

____

____

____

____

____

____

____

____

____

____

____

____

RÉPONSES AU QUESTIONNAIRE

1. d. L'année 64 après Jésus-Christ a été marquée par le grand incendie de Rome.
2. d. Jacques Cartier n'a jamais habité Rome.
3. d. Le Tibre se jette dans la mer Tyrrhénienne.
4. b. On surnomme Rome la ville éternelle.
5. b. Le Parco di Colle Oppio est effectivement mon parc préféré à Rome.
6. a. Il existe une centaine de variétés de pâtes alimentaires en Italie.
7. a. La jolie piazza a déjà hébergé un marché aux bœufs.
8. d. L'espérance de vie moyenne des gladiateurs était de 23 ans.
9. b. Michel-Ange a peint le plafond de la chapelle Sixtine.
10. c. Michel-Ange n'a jamais été musicien.
11. d. L'histoire de Rome s'étend sur 28 siècles.
12. b. L'euro est la monnaie utilisée à Rome.

Si tu as obtenu plus de six bonnes réponses, tu es dorénavant une véritable spécialiste de la ville de Rome et de son histoire. Toutes mes félicitations !

Si tu as entre quatre et six bonnes réponses, ne lâche pas. Tu vas y arriver avec un peu plus de concentration.

Si tu as moins de quatre bonnes réponses, je te conseille de reprendre ta lecture de ce livre. ☺

REMERCIEMENTS

Un roman est non seulement une œuvre de création, mais encore, et surtout, le résultat d'un travail d'équipe. Cette fois-ci, j'ai eu la chance de pouvoir compter sur mon fils, à qui j'ai fait appel à plusieurs reprises en raison de son impressionnante connaissance de la culture romaine. Mille mercis, Emmanuel ! Tu es mon idole et je t'aime vraiment très fort !

Merci également à Johanne Lariviere-Tieri et Vanessa Antoniali, de la Délégation du Québec à Rome, grâce à qui j'ai eu la chance de visiter des écoles romaines en compagnie de ma fille, dont le Lycée Chateaubriand et l'Istituto Comprensivo « Antonio Rosmini ».

Merci également aux élèves que nous avons rencontrés, à la direction des établissements que nous avons visités, aux enseignants qui nous ont reçues, ainsi qu'aux parents sans qui ces visites n'auraient pas été possibles. Je vous suis réellement reconnaissante.

Enfin, un merci tout spécial à mon éditrice chez Hurtubise, Christine Ouin, qui soigne mon insécurité chronique avec une infinie patience et beaucoup de générosité, et sans les encouragements de qui je n'arriverais certainement pas à créer deux « Juliette » par année.

Merci à mon éditeur, pour la confiance indéfectible qu'il me témoigne, ainsi qu'à Amélie Tremblay, mon attachée de presse, sans qui vous n'auriez peut-être jamais entendu parler de ma jeune héroïne.

LEXIQUE

9 **Semaine de relâche** – Congé scolaire d'une semaine en mars.

10 **Niaiser (quelqu'un)** – Se moquer de quelqu'un, le charrier ; faire marcher quelqu'un, lui raconter des sornettes.

12 **Secondaire** – Au Québec, on fréquente l'école primaire pendant sept ans, de 5 à 12 ans (une maternelle suivie de la première à la sixième). Ensuite, on passe à l'école secondaire pendant 5 ans (de la première à la cinquième). Une fois le diplôme d'études secondaires obtenu, on poursuit avec deux années au cégep afin d'obtenir le diplôme d'études collégiales qui permettra à ceux qui le désirent d'entrer à l'université.

14 **Magasiner** – Faire les magasins, faire du shopping.

BFF/Best – *Best friend forever,* meilleur(e) ami(e).

Soccer – Nom du football en Amérique du Nord, où le terme football désigne le football américain et le football canadien.

18 **Aréna** – Centre sportif.

44 **Ma petite vache a mal aux pattes** – Comptine enfantine servant à tirer au sort.

45 **Chum** – Petit ami, amoureux.

77 **Inukshuk** – Mot inuit désignant une construction de pierres empilées adoptant une forme humaine.

91 **Poche** – Nul, médiocre.

95 **Plaines d'Abraham** – Immense parc urbain où les Québécois aiment particulièrement se réunir.

111 ***Chill*** – Cool.

129 **Gang** – Groupe d'amis, bande.

221 **Party** – Fête.

Juliette

DISPONIBLE EN BD

LA VIE COMPLIQUÉE DE Léa Olivier

La série 2.0 préférée des ados !

LA VIE COMPLIQUÉE
DE Léa Olivier
Également disponible en BD

SORCIÈRES SORCIÈRES

La série jeunesse
empreinte de magie et de tendresse !